それでも愛したいんだ、君を
身代わりシングルマザーの嘘と恋

山野辺りり

プランタン出版

プロローグ…… 5
1 出会いは最悪…… 18
2 波乱の顔合わせ…… 68
3 新しい生活…… 115
4 手探りの夜…… 161
5 嘘と真実…… 211
エピローグ…… 281
あとがき…… 286

※本作品の内容はすべてフィクションです。

プロローグ

「ずっと傍にいてほしい」

あまり表情が変わらず、切れ長な瞳も相まって冷徹だと思われがちな男が、平板な声で囁く。

だが本当は彼が非常に照れ屋なことを知っている海音(かいね)は、短い台詞に込められた想いを強く感じ取った。

おそらく、たったこれだけ口にするにも相当な勇気を要したことだろう。

赤く染まった耳がその証拠。いっそ不機嫌そうと言った方が正しい顔をしているのに、瞳が微かに揺らいでいることも分かっている。

彼のことをいつもじっと見つめ、誰よりこの人を理解したいと願っているから。

不器用でプライドの高い男が、それでも懸命に本心をこちらへ伝えようとしてくれている。当然嬉しくないはずがない。海音だって、胸の奥が燃えるような熱を持った。

とは言えここで『勿論』と返せるほど強かになれたなら、今こんな心痛を抱えてはいないに決まっている。

笑ってごまかすことも、嘘を吐くことも海音には難しい。ただ彼と抱き合い密着することで、己の歪む表情を隠すことしかできなかった。

――『はい』と受け入れられたら、どんなに幸せか……

しかし海音の行動を『諾』と解釈したのか、彼は愛おしげな手つきで背中を撫でてくれた。

何も纏っていない素肌を男の大きな掌が往復し、その温もりと感触に安らぎを覚えたのは間違いない。

けれど海音の胸中に湧き起こったのは、罪悪感。

溢れる幸福感を押しのけて、圧倒的な後ろめたさに支配された。

何故なら、隠している秘密があまりにも大きいためだ。

その上、倫理的に決して吐いてはならない種類の嘘だった。人として、越えてはならない一線だったと、今では思う。

だがあの瞬間はそれ以外に方法が思いつかなかった。とにかく大事なものを奪われまいと必死だったのだ。

――それでも……私がしたことを正当化することはできない……いつかは、全てを明かして罪を償う時がくる――

だが少しでもその時を遅らせたいと願う。

身勝手な欲だ。絶対に許されることはないと自分でも重々理解して、それでも尚未だ動けずにいた。

あと少し。もう少しだけ。せめて『あの子』が傷つかないよう区切りの良い時に。

何度言い訳して、決断を先延ばしにしたことか。破綻の時は刻々と迫っていると知っていても、やっと手にした幸福を失いたくなかった。

――だって……物心つく前からずっと欲しくて……喉から手が出るほど渇望していたものが、目の前にあるのだもの……

家族。家庭。己の居場所。愛していると示してくれる人たち。

他者が当たり前に持っているもの、指を咥えて見上げるばかりだった全て。海音が長年求め続けて得られなかったものが、ここにはあった。

咄嗟に吐いた嘘を土台にした偽りであっても、簡単に手放せるものではない。

――でも、これは私のものじゃない……

海音ではなく、姉が受ける恩恵。自分が、姉が座るべき椅子をまんまと奪い取った形だ。そこに悪意がなかったとしても、許される行為ではなかった。

故に、本来は一刻も早く返さねばならない。

全てを正しい形に戻して、海音が静かに立ち去るのが一番いい。分かっている。

——だけどそうしたら、私はこの世で本当に独りぼっち……何もなくなってしまう——

気持ちと理性が乖離して、冷静な判断力が鈍っていた。

どうすべきか頭では承知していても、行動できないのなら問題外だ。

結局は毎日堂々巡りの悩みの中、時間ばかり浪費する。本音では身動きしたくないと察している分、質が悪い。この数か月で、言い訳ばかり上手くなった気がした。

「克樹(かつき)のためにも、僕らで幸せになろう」

「……はい」

出口の見つからない迷路でさまよう心地だった海音は、彼がこぼした名前で現実に引き戻された。

そうだ。自分はあの子のためなら何でもできる。

いや、しなくてはならないと気を引き締め、強く唇を噛み締めた。

海音の双眸に過った決意の光は、抱きしめ合った彼から見えるはずもない。その事実に安堵して、そっと男の背を撫で下ろす。

細身でも程よく筋肉がついた背中は滑らかで、触れていると互いの体温が混ざり心音も重なる錯覚がある。

そんな心地良さを教えてくれたのは彼だ。

裸で抱き合う羞恥心と、分かち合う快感、至福の時を与えてくれたのも。

——何も知らなかった自分に『愛される』喜びをくれたのだって——

全部、彼だった。

だから全て覚えておきたい。忘れたくない。いずれここを去らなければならない日が確実にくるとしても、『愛された』記憶は永遠だと信じたかった。

——ごめんなさい……後で必ず罪は償います。だから今だけは……

抗えない温もりに包まれて、海音は溢れそうになる涙を瞬きで散らした。

潤んだ瞳を閉じたまま、彼からの口づけに応える。

繰り返されるキスは次第に深くなり、男の舌と淫靡に絡ませ合った。

「は……」

水音が口内から体内に響く。移動してきた彼の手が乳房に触れ、沈み込む指の動きにか細い嬌声が漏れた。

何度肌を重ねても、やはり恥ずかしさを完全に拭い去ることはできない。どうしたって伏せた瞼の下で目が泳ぎ、声を押し殺そうとしてしまった。

そんな初心な反応をする海音を嘲笑うことなく、彼はとても優しくこちらに触れてくる。

さながら壊れ物を扱う手つきに、強張っていた身体はたちまち蕩けていった。

「彰悟（しょうご）……さん……っ」

「カイ……」

今ではもう、彼以外誰も呼んでくれない愛称に胸が軋む。

聞こえるか聞こえないかの小声で「好きだ」と囁かれ、心の奥が火傷しそうになった。

『私も』と言いたいのに、その資格が自分にないことが堪らなく辛い。

現実から目を背けたいあまり、海音は吐息を彼の耳に注いだ。

「……っ」

耳が弱い彼はビクリと肩を揺らし、その後仏頂面でこちらを睨んでくる。

他の人間であれば、竦み上がりそうな鋭い眼差しだ。けれど怒っているのではなく羞恥で悶えていると知っている海音には、ひたすら愛おしく感じられた。

「やってくれたな。お返しだ」

「ん……っ」

耳朶に軽く歯を立てられ、ねっとりと舐られて、海音の全身が粟立つ。ゾクゾクとした愉悦が末端まで駆け抜けていった。

耳が弱いのはお互い様とでも言いたげに、彼は丁寧にこちらの耳殻を弄り、耳穴を舌先で擽ってくる。

指と舌で翻弄されると、痺れが大きくなった。すると当然、声を堪えるのが難しくなってゆく。

「ぁ……っ、駄目……ん、んん……っ」

自分でもいやらしいと感じる掠れた艶声に、海音の体温は一層上がった。今や、体内も剝き出しの素肌も燃えそうなくらい発熱している。

だが何よりも熱いのは、彼の眼差し。

炙られている心地になり、一度絡んでしまった視線を逸らすことは不可能だった。

「ひゃ……ッ」

「声、ここなら我慢しなくても大丈夫だから……」

「……ふ、ぁッ」

乳房の頂を捏ねられ、鮮烈な快楽が生まれた。そこは自分で触っても何も感じないのに、どうしてか相手が彼だとたちまち官能の源泉に変わる。

そして胸の飾りよりももっと敏感なのが、彼の指先が下りていった先にある場所だった。

「ぁ、あ……っ」

正座の体勢で閉じていた太腿のあわいに、男の掌が忍び込む。

肉の薄い海音の脚では妨害することは叶わず、すぐに付け根へと潜り込まれた。

「ああ、もう濡れている」

「や……」

事実だとしても、恥ずかしいことを言わないでほしい。そんな抗議の台詞は、声にする前に打ち消された。

向かい合って座った状態から、仰向けに変えられる。見上げた先には愛しい人。

覆い被さってくる彼を見つめているうちに口づけが降ってきて、触れる唇の感触に意識を奪われれば、濡れそぼった花弁を上下に摩られた。

「ん……ふ、ぁ、あ……」

か細い声には、明らかに喜悦が滲んでいる。まだ蜜口をなぞられたに過ぎなくても、うねる愉悦が込み上げた。

彼の言う通り、そこは既に期待の蜜を滴らしている。はしたなくも期待に打ち震え、軽く触れられただけで身をくねらせずにはいられない。

蜜窟の奥が戦慄き、『早く』とせがむ。彼がくれる悦楽を覚えた女の肉体は、貪欲だった。

「彰悟……さん……っ、焦らさないで……」

いつも以上に優しい手つきで陰唇を辿られ、自らの形を生々しく教え込まれる。そこへ注がれる視線からも法悦が生み出された。

みっともないと知りつつ、無意識に海音の腰が動いたのは仕方ない。

疼く隘路は、彼を迎え入れなければいつまで経っても満足などしてくれず、飢えに似た余裕のなさを露呈していた。

「……カイ……克樹と一緒に幸せになろう。本物の家族に――」

その後に紡がれたかもしれない言葉は、快楽に浮かされた振りをしてキスで妨げた。

基本的に控えめな海音が自ら彼に口づけたのは、これが初めて。

大抵受け身だった女の唐突な行動に、彼はさぞや驚いたことだろう。

いつも冷静そのものの黒い双眸を見開いていた。

――貴方が何を言おうとしてくれていたのか分かっている。とても嬉しい。でも……

だからこそ、聞くわけにはいかない。

告げられてしまったら、きっと自分は決意を鈍らせる。また言い訳の材料を手に入れ、ズルズルと卑怯にも現状維持を図るに違いなかった。

破綻の時はもう間もなく。傷は可能な限り浅い方がいい。たとえどんなに手遅れだとしても――少しでも彼と克樹が引き摺ることのないように。

――私のことなんて忘れて。……いいえ、本当は忘れないでほしい。憎まれても構わないから、貴方の中に記憶として残りたい――

愚かな感情が溢れそうになりかけて、海音はわざと大胆に動いた。

彼のそそり立つ楔に手を伸ばし、その切っ先を自ら蜜口へ導く。ふしだらなのは百も承知で、互いの性器を擦りつけ合った。

戸惑った彼が瞬いたが、彼の両目から狼狽の色が消えれば、代わりにやや嗜虐的な色彩が広がった。

「君には、僕の知らない面がまだ沢山あるみたいだ」

――いいえ、貴方が知らないことの方がずっと多いの。だって私が見せてきたのは、全部『作り物』だから……。

言えない言葉を呑み込んで、海音は己の両脚を更に開いた。こちらの望みを正確に汲み取った彼が、ゆっくりと腰を押し進めてくる。

身体の中央に入ってくる肉槍を締めつけ、海音は喉を震わせた。

「……ぁ、あ、ぁ……」

「君の中は、いつも温かいな……」

陶然と呟いた彼に頭を撫でられ、腕を摩られて籠っていた力が抜ける。

鼻の頭や瞼を唇で慰撫され、込み上げた涙は幸福感のせいだと思ってもらえたらいい。

実際、今この瞬間は途轍もなく満たされていた。

大好きな人の腕の中、視線と態度で愛情を告げられて、嬉しくない女がいるはずもない。

海音だって後悔さえなかったなら、歓喜に胸を高鳴らせていたことだろう。

――だとしても……もし過去に戻れたとしても、私は同じ過ちを犯すでしょう。

間違っていると理解して尚、これ以外の道を選べなかった。結局は、独りぼっちになるのが早いか遅いかの違いだけ。

それなら、どんなに短い期間であっても、今後二度と得られないかもしれない幸せを享受したかった。

——夢を見たい。あとほんの少し……

愛し愛される家族が自分にはいる。そんな夢だ。

「……アッ……ぁ、あん……っ」

緩やかな律動が、段々速いリズムを刻む。その度に視界が上下に揺れ、体内を掻き回された。

「カイ、しっかり僕に摑まって」

男と女の肉がぶつかり、拍手めいた音が鳴る。そこに加わる水音が卑猥で、耳からも犯されている気分になった。

共に揺れ、動きと呼吸を合わせて、高みを目指す。

汗の匂いすら愛しく感じるのは、彼が特別な相手だからなのか。どちらかと言えば異性に苦手意識があった海音には、『密着したい』と思う成人男性は彼が初めてだった。

——好きです、彰悟さん。

ここまで心奪われる誰かに出会えることは、おそらく人生の奇跡だ。ただし、どんな結果をもたらすかは、また別の話だった。

「……ひ、ぁッ……ん、ぁ、ああ……ッ」

最奥を穿たれたまま小刻みに腰を揺らされ、喜悦が膨らむ。

尿意に似た衝動がせり上がり、海音は長い黒髪を振り乱した。ベッドの上で乱れた髪が、扇状に広がる。

上からは彼の汗が滴り落ち、海音の肌を伝った。滴の落下からも快楽を拾い、夢中で呼吸を合わせる。

突き上げられれば柔らかく受け止め、引き抜かれれば追い縋った。

海音が感じる場所は、全て彼に知られている。自分自身が把握していないことまで、詳細に暴かれていた。

「んぁッ」

濡れ襞を掻き毟られながら花芯を摘まれ、逸楽が激しさを増す。

慎ましさをすっかりなくした淫芽は摘みやすいのか、二本の指で扱かれ表面を撫で摩られた。

「や……駄目、そんなにしたら……っ、変になる……っ」

「なってもいいよ。僕にだけ、素の顔を見せてくれ」

彼はよもや、その言葉が海音にどう突き刺さるかなど想像もしないに違いない。

けれどそれでいい。知られては困る。秘密は、叶うなら墓場まで持っていきたい。それが無理ならせめて、自分の口で明かせる勇気を掻き集められる時まで、待ってほしい。

「……ァッ、あ……ふ、ぁああ……ッ」

光が爆ぜる。ビクンッと痙攣した海音の身体を、彼が強く貫いた。

絶頂へ押し上げられ、悲鳴じみた嬌声が尾を引く。全身から汗が滲み、自分の意思で四肢を制御することはできない。

半ば宙に浮いていた踵が、淫靡な軌跡を描いて引き攣った。

薄い被膜を纏った剛直が、海音の蜜窟で数度跳ねる。こちらの内側を濡らすことなく、彼も達したことが伝わってきた。

「カイ……色々落ち着いたら、改めて君に伝えたいことがある」

「はい。私も……」

荒い息の下で見つめ合い、同時に淡く微笑んだ。

同じ笑顔。だがそこに込められた意味はまるで別物。正反対のベクトルなのは、海音だけが知っていた。

――このまま時が止まればいい……

そんな馬鹿げた妄想を最後に、海音はゆっくり瞼を下ろした。

1　出会いは最悪

子どもの成長は早い。

使い古された台詞は、自分に責任がない『他人の子ども』だから言えることかもしれないと、海音はヒシヒシと感じた。

「克樹、ほら走っちゃ駄目。危ないから手を繋ごう?」

「うん、ママ!」

己が保護責任者だと思えば、一時も気が抜けない。まだ四歳の男児は突発的に何をするか、分かったものではないからである。

同年代の子どもと比べれば聞き分けがよく、大人しい克樹であっても例外ではなかった。

今だって、ほんの一瞬目を離した隙に駐輪場を飛び出し駐車場内で駆けだそうとしていたものだから、肝が冷えた。

「車がいっぱいあるところで走っちゃいけませんって、教えたよね？」

「ごめんなさい、ママ」

やや舌足らずであっても、きちんと会話ができる克樹はご近所でも評判の『いい子』だ。同じ保育園に通う児童のママからは、『うちの子と全然違う』とよく褒められる。

それが誇らしくもあり――海音は克樹に対し申し訳なくもあった。

――だって、この子はたぶん私に迷惑をかけちゃいけないと察している……

ただでさえ父親がおらず、頼る親族もいない。唯一の肉親である海音の苦労を幼いながら肌で感じているのだろう。

故に、年齢より大人びているのではと訝らずにはいられなかった。

――本当に……私には勿体ないくらい、いい子。それに将来が楽しみな整った顔立ちをしている。――父親に似たのかな……

緩く癖のある黒髪は、直毛の自分とは違う。はっきりした顔立ちに知性を感じさせる目元、聡明さ漂う額の形も、海音の家系のものとは思えなかった。この年頃の平均身長を大きく上回る成長速度も。

自分はどちらかというと小動物系で不細工ではないが影が薄いと言われがちだ。

対して克樹は、まだ子どもにも拘わらずどこにいても人の注目を集め、中心になるようなところがある。端的に言えば、目立つのだ。

今だって、すれ違う家族連れの全員がハッとして振り返っていた。

小声で「子役タレントかな」なんて囁きまで聞こえてくる。

僅か四歳で、この完成度。将来的にはどれだけ人目を惹く美形に育つことか。楽しみであり、怖くもあった。

何故なら、克樹が持つ容姿の特徴は、ほぼ確実に父親由来のものだからだ。万が一今後その事実が知られたくない相手に漏れたとしたら——

考えても仕方のないことに思いを馳せそうになり、海音は緩く頭を振って歩き出した。

隣には、手を繋いだ克樹がいる。

紅葉のような小さな掌は体温が高い。ふっくらとしていて、触るとそれだけで幸せな気分になれた。

そんな幼子を横目で見下ろし——海音は顔も知らない『父親』を頭から追い出した。

「ねぇ、ママ。お菓子買っていい？」

「いいよ。でも一つだけね」

「うん！」

満面の笑みで頷く幼子に愛おしさが募る。ただし、克樹は海音の子どもではなかった。

だから父親の顔など知るはずもないのだ。それどころか、どこの誰かすら分からない。

今どこで、何をしているのかも。これから先も判明することはないだろう。

──身重のソラに手切れ金を叩きつけて捨てた人のことなんて、知る必要もない。克樹の存在自体、絶対に教えてなんてやるもんか。

海音の双子の姉──空音が一人で産み落とした息子は、今年で四歳になった。

自分たち姉妹は両親の記憶がない。生まれて間もなく、施設に預けられたせいだ。詳しい事情については職員にも分からないらしく、家族と呼べるのは互いの存在だけだった。

だからこそ姉妹の結びつきは濃厚だったと思う。

一卵性の双子とあって遺伝子レベルで繋がっている。己の片割れだと考えるまでもなく魂が理解していた。

自然に相手の考えが分かったし、言葉を交わさずとも通じ合える。そんな人は、他にこの世のどこを探してもいないのではないか。

幼少期は、辛いことがいくつもあった。施設職員は優しい人が大半ではあったが、愛情に飢えている子ども全員に分け隔てなく接することは難しかったに決まっている。

荒れていたり、不安定な子がいたりすれば、どうしたってそちらにかかりきりにならざるを得ない。

大人しくてあまり手がかからない双子の姉妹は、後回しにされがちだった。

それでも曲がることなく健全な心を育めたのは、唯一無二の互いの存在があったからだ。

生まれる前から一緒だった半身が傍にいてくれたからこそ、海音も空音もちゃんとした大人になれたのだと思う。

高校卒業を機に施設を出て、働き始めてからも姉妹仲は良好だった。

ただ、地元の工場に就職した海音と違い、姉の空音は都会へ出ることを選んだ。

もっと稼いで、いずれは姉妹で豪邸に住もう――それが姉の口癖だったことを、今でも懐かしく思い出す。

結論から言えば、その夢が叶うことはなかったけれども。

二人が別々に生活するようになってから四年後。

こまめに連絡は取り合っていたものの、実際顔を合わせるのは約一年振りのとある日。

地元に帰ってきた姉の姿に、海音は愕然とした。言わずもがな、空音が大きな腹を抱えていたためだ。

呆然として『どうして』としか言えない妹に対し、姉は詳しい経緯を語らなかった。勿論、相手の名前と素性に関しても完全に口を閉ざしたことに、信じられない心地だったのを忘れられるわけがない。

姉妹の間には、これまで隠し事なんてなかった。いや実際には小さな秘密程度抱えていたとしても、それらはどれも可愛く他愛無いものだ。

しかしお腹の子どもの父親に関しては、『内緒』で済む話ではあるまい。

けれど決して少なくない金を空音が所持していたこと、父親に関する情報を一切明かそうとしなかったことから、海音はそれ以上の追及を諦めた。

高卒で、地方出身の女がいきなり都会に出ていっても、条件がよく高給の仕事などないと、海音だって分かっている。

おそらく空音は夜の仕事に従事していたのではないか。

姉はその辺りの事情を語ったことはなかったものの、海音には察するものがあった。面と向かって聞く勇気がなかっただけだ。

一卵性双生児のため、海音と空音の顔立ちは酷似している。初対面の者なら、まず見分けられないに違いない。

とは言え性格は正反対で、引っ込み思案な妹に対し姉は社交的で華やかなことを好んだ。容姿が似ていてもおしゃれや化粧、流行にも敏感な空音と目立たない格好ばかりしていた海音とでは、見た目の印象が大きく異なったことだろう。

海音には夜の接客業は到底務まらなくても、空音ならば器用にこなせた可能性は高い。

——水商売に偏見はないけど……ソラが言いたくないのなら、強引に聞き出す気にはなれなかった……

海音の想像が正しいなら、子どもの父親は客の可能性が高い。だとしたら、相手を明らかにできない理由があるのかもしれない。手切れ金として纏まった金を用意してくれただけマシなのでは。

そう自分を納得させ、海音は妹を頼って地元に戻ってきた姉を受け入れた。

その後ほどなくして、空音は息子を出産したのである。それが克樹だ。

二人きりだった姉妹のもとに訪れた天使。肉親と呼べる命の誕生に、海音が抱えていた蟠り(わだかま)など、瞬く間に消え去った。

そんなこと心底どうでも良くなって、姉妹二人で小さな宝物を立派に育てようと誓い合ったのは、まるで昨日のことのよう。いつだって鮮やかに思い起こせる。

生活は決して楽ではなくても、大人二人が死に物狂いで協力し合えば何とかなる。

行政の支援を可能な限り利用し、極力空音の貯金には手を出すまいと、姉妹で話し合って決めた。その金は、克樹のために取っておこうと思ったからだ。

——もっとも、当時は辛いとは感じていなかったな……

空音と離れて暮らしている期間の方がよほど寂しかったし、心細かった。

それに比べれば、金銭的に余裕がなく体力的にはきつくても、賑やかで家族が増えた暮らしの方が遥かに充実している。

幸せだと、断言できた。本当に。心から。

だからこそ、神様は残酷で気まぐれなのを、海音は忘れていたのだと思う。

克樹が誕生して約一年後。悲劇が容赦なく姉妹を襲った。

姉の空音が事故に遭い、帰らぬ人となったのだ。まだたった一歳の息子を残して、突然この世を去らねばならない苦しさは如何ばかりだっただろう。

だが海音にとっても、衝撃が大きすぎた。正直なところ、当時の記憶はひどく曖昧だ。

生まれる前から一緒だった半身を喪って、冷静でいられるわけもなく、一時は正気だったかどうかもあやしい。

眠れず、食べられず、泣くこともできずにいったい何日過ごしたことか。

きっと、自分一人であったのなら迷わず姉の後を追っていた。

世界に独りぼっちで残されるのは、耐えられない。これまで生きてこられたのは、空音がいてくれたからだ。

その支柱とも言える存在が消えてしまえば、もはや海音がこの世に留まる理由はないと思われた。いつ別れを告げても惜しくないと——

——だけど、私には克樹がいた。

力強く泣く甥っ子の声に横面を張り倒された気分で、海音は現実逃避から舞い戻った。

我に返って初めに認識したのは、腕の中の重み。

一歳になって間もなく母を亡くした幼児を、固く抱きしめていた。無意識のうちに力が入り過ぎ、克樹が手足を動かしながら泣いていたのだ。

たぶん、一瞬目が合ったと思う。甥っ子の瞳を通して、姉の空音と。

そして『しっかりしろ』と叱られた錯覚に陥った。

いつまでも呆けてなんていられない。自分には守るべき命がある。この子は海音がいないと生きられないのだと思えば、易々と自らの命を投げ出すなんて以ての外だった。

おそらく、実の母親の記憶もないまま今後生きることになる克樹を哀れみ、同時に縋っていたのだと思う。

脆弱な幼子の存在だけが、海音を現世に留まらせた。死ねないと強く感じ、背中を押された心地もある。

何としても、この子を立派に育て上げてみせる。姉の代わりに。可哀想だなんて言わせない。

そんな矜持を掻き集め、あれから三年。

今も海音は克樹と共に暮らしている。

周囲の人々には二人を本物の母子だと勘違いしている人も多いだろう。何せ克樹自身が海音を『ママ』と呼ぶのだ。

ごく当然のように、甥っ子は海音を母親だと信じている。海音も、あえて否定したことはなかった。

いつか物心ついたら本当の母親について教えたいと思っているが、それは今ではない。

克樹が成長してからでも遅くないと、海音は考えている。ひょっとしたら身勝手な独りよがりかもしれないものの、まだ四歳の子に『貴方には父も母もいない』なんて言えるはずがなかった。

「ママ、こっち」

「あ、お菓子は後だよ。まずはお買い物でしょ」

過去を思い出し物思いに耽っていた海音は克樹に手を引っ張られ、柔らかく口角を上げた。

「克樹、今夜は何が食べたい？」

「うーん……おうどん！」

「お昼もうどんだったのに？」

「だってぼく、大好きなんだもん。ママのおうどん」

この上なく可愛い笑顔を向けられて、海音の胸がキュンッと疼いた。

母性なんて信じていなくても、『この子のためなら何でもできる』と改めて感じる。二人の平穏な生活を守るためなら、いくらでも強くなれる気がした。

――私にとって、唯一の肉親……

二十七歳になるこの年まで、海音は男女交際をしたことがない。それどころか、同年代の異性と仕事以外でろくに口もきいたことがない有様だ。

この体たらくでは、お付き合いや、まして結婚なんて夢のまた夢。

つまり出産は更に未知の世界だった。

──克樹がいてくれれば、充分。この子はきっと、ソラから情けない私への贈り物……

恋愛事は苦手だ。どうしたって尻込みする。

自分たちの両親がどうして娘二人を捨てたのか事情は分からないけれど、円満家庭でなかったことは想像に難くない。

その上空音に至っては、身籠ったにも拘わらず金を握らされて捨てられる憂き目に遭ったのだ。これでは恋愛や結婚に憧れを抱けという方が無茶だった。

──それでも、幸せそうな家族を見ると『羨ましい』って思っちゃうけど……

夕食の買い物のために訪れたスーパーでは、親子連れも大勢いる。

三人の子どもを抱え、てんやわんやな母親がいれば、抱っこ紐で赤ちゃんを抱え荷物を持った父親もいた。上の子が弟妹の面倒を見ながら、お利口に親を待っている家族も。

そんな光景を目にすれば、『他所は他所』と胸に刻んでいても、海音の嫉妬心が刺激された。

焦がれる気持ちに嘘は吐けない。どう抑え込み、ごまかしたところで、やはり『いいなぁ』と羨望の眼差しを向けずにはいられなかった。

「克樹、それじゃおうどんに何をのせようか?」

「お肉!」

即答する甥っ子に目を細め、海音は大きく頷いた。

「よし！　お給料が出たばかりだから、いいお肉買って帰ろう」

「わぁい！　やったぁ！」

いい肉と言っても、薄利多売を標榜しているこのスーパーが扱う品に高級品などない。とにかく安さと量。そこに特化しているからだ。

日々のやりくりに悩む海音には、心強い味方。いつも大変お世話になっていますと心の中で手を合わせ、必要な食材や日用品、それから克樹のおやつを購入した。

「いっぱい買ったね、ママ。ぼく持つよ」

「克樹は優しいね。それじゃ、これをお願い」

お手伝いしたくて目を煌めかせる甥っ子に、海音は会計を済ませた菓子を手渡した。

あえて注意しなくても、克樹はすぐさま開封する真似はしない。とてもニコニコしながら、大事そうに両手で箱を抱えた。

「ご飯の後で食べていい？」

「うん」

やや癖のある黒髪を撫でてやれば、甥っ子は気持ちよさそうに首を傾げる。その様を見ているだけで、海音の心が満たされていった。

――幸せ。これからもずっとこのままいられたら、他には何も望まない。

地方都市の片隅で、親子としてひっそり暮らせれば充分だ。

姉が残したものをいつか克樹に手渡せたら、海音の役目は完遂される。それで満足だと心底思った。

古びた自転車に荷物と克樹を乗せ、海音は颯爽と跨る。

工場で働く先輩ママから譲り受けた自転車は多少ガタがきているけれど、まだまだ現役で頑張ってくれそうだ。

節約できるところは切り詰めて、できる限り克樹に不自由ない生活をさせてあげたい。

小学校にあがれば、今よりも諸々出費が増える。将来のため貯金だってしておきたい。

――最近、靴がきつそうなんだよね……克樹は何も言わないけど……洋服だってたまには新しいのを買ってあげたい。

シングルマザーと思われている海音のために、あれこれ『お下がり』を融通してくれる先輩ママはいる。だが、男の子は活発な子が多いせいか、洋服の劣化が激しい。大きくなるにつれ『譲れるほど綺麗なものがない』と言われる状態になってきた。

靴は尚更だ。流石にこれは自力で買い替えなければ難しい。

しかも平均と比べて成長が早い克樹は、すぐ以前のものが小さくなった。

――うーん……とりあえずリサイクルショップを巡ってみて……それから考えよう。

この数年、海音は自分のものなんて一切買っていない。余裕があれば全て甥っ子に注いでいた。

そんな調子で化粧もさぼっているから、以前より地味になっているのは否めない。

だがその件に関し後悔は微塵もなく、充足感だけがある。

自身が着飾るより、将来イケメン確実の克樹に似合う素敵な服を用意してあげられる方が、単純に楽しい。何せ甥っ子は何でも着こなせると言っても過言ではなかった。

——やっぱり大事なのはモデルね。うちの子ったら、最高に可愛い。

親馬鹿の思考で自転車を軽快に走らせ、海音たちは住んでいるアパートに到着した。

築年数三十五年。だいぶ年季が入った外観で、お世辞にも綺麗とは言い難い。

セキュリティ面や耐震に関しては、大いに不安があるのは事実である。しかも背後が小山になっていて日当たりは悪いし、湿気も籠る。大雨の際などは、いつ崖崩れが起こるか冷や冷やするほど。

それでも家賃の安さと激安スーパーが近くにあるというメリットで、お釣りがくると海音は思っていた。

それに職場や保育園も近い。ならば不満を口にする方が贅沢というもの。

だいたい住めば都。慣れれば多少の不自由さだって楽しめるようになる。

軋む音を立てる自転車を停め、克樹と荷物を下ろし海音は何げなく視線を上げた。

「……？」

ふと目が留まった先、錆の浮いた外階段の下に、佇む人影がある。

このアパートの住人ではない。少なくとも見覚えはなかった。

さりとて全く無関係の人間だとは思えない位置にいる大柄な成人男性に、本能的な警戒心が擡(もた)げる。つい足を止めた海音は、さりげなく克樹を後ろに庇った。

「ママ……?」

男は誰かを待っているのか。普通に考えれば住人の誰かを訪ねてきた客かもしれない。けれどそんな風に海音が思えなかったのは、男がこの場にはあまりにも不釣合いだったせいだ。

よく言えば昔ながら、悪く言えばオンボロのアパートに用があるとはとても思えない、洗練された身なり。身に着けた服は、この辺りでよく目にする格好とは雲泥の差だった。オーダーメイドと思しきスーツ、ピカピカに磨かれた革靴。髪型は一部の乱れもなく、清潔感が漂っている。何よりも男から醸し出される空気が全くこの場にそぐわなかった。

言ってみれば、都会のオフィス街が相応しい。

どこかピリピリと張り詰めた雰囲気が、海音を激しく戸惑わせた。

――あんなところに立たれていたら、無視して階段を上れないじゃない……

道を塞いでいるようなものだ。これでは不信感を抱かないのが不思議なくらいである。

克樹にも海音の緊張感が伝わったのだろう。どこか不安そうに、背後から服の裾を摑んできた。

「ママ、あの人誰？」

「えっと……克樹は心配しなくても大丈夫」

「――克樹？」

こちらのやり取りが聞こえたのか、逆側を向いていた男が素早く振り返った。

夕日が逆光になって、その表情はよく見えない。

それでも、年の頃は二十代後半か三十代だと分かる。それから、とても長身でやや癖のある黒髪であることも。

――な、何……？　克樹のことを知っているの？

海音の中で、一層警報が鳴り響いた。

一応頭の中で、面識がある『克樹の友人たちのお父さん』を並べてみたが、そこに該当者はいない。そもそも『克樹』と馴れ馴れしく呼び捨てしてくる他人に心当たりはなかった。

保育園の職員や、職場の同僚、かかったことのある病院の医師についても同様。

皆、『克樹君』や『かっちゃん』と親しみを込めて呼んでくれていた。

海音は自分の背に甥っ子を隠し、近づいてくる男と対峙する。心の奥では今すぐ克樹を抱えて逃げ出したい衝動に駆られていたが、下手に不審者を刺激してはいけないと思い、ぐっと耐えた。

──誰？　家を知っていて、待ち伏せしていたってこと……？

もしそうなら、相当恐ろしい。どんな目的があったにしろ、いきなり自宅に押しかけられれば恐怖が湧く。それを理解していない人間というだけで、もはや警戒する理由は充分だった。

「ど、どちら様ですか？」

絞り出した声は震えている。けれど臆することなく海音は男を睨みつけた。

背中に庇う克樹を守るんだという意志だけが、戦慄く身体を支えてくれる。大きく息を吸い込んで、いざとなれば渾身の悲鳴を上げようと心に誓った。

「……沢渡彰悟です。──東野さんですか？」

ずっと視界に入っていただろうに、まるで今初めて海音を認識したかの如く、男は瞬いた。

男の目的は、克樹であると考えて間違いない。しかし克樹にも男が誰なのか分からないらしく、海音の後ろで身を強張らせる気配があった。

「確かに東野ですが……失礼ですがどなたでしょう？」

海音には親族なんていやしない。交友関係だって狭いので、どれだけ考えても眼前の男が何者なのかが分からなかった。

知らないということは、それだけで恐怖に繋がる。

震えそうになる膝を叱咤して、海音はいつでも逃げ出せるよう克樹の片手を取った。

「僕を知りませんか？」

「はい？」

質問に質問で返すなんて、とんだ礼儀知らずだ。それにまるで意味が通らない。初対面で知っているかどうか問うなんてどこかおかしいに決まっている。

意思の疎通が叶わない予感がし、一層海音は恐れ戦いた。

——何なの、この人……話が通じないタイプだったら、どうすれば……

こちらの戸惑いを感じ取ったのか、彰悟と名乗った男はそれ以上接近しようとせず、立ち止まった。

影に入ったことで、逆光に塗り潰されていた彼の容貌がようやく見えるようになる。

怖々焦点を合わせた海音は、少なからず驚くことになった。

「え……っ」

整った容姿は華やかで、モデルかタレントだと言われれば疑問なく信じてしまいかねない。長い手足に見合うだけの身長と、引き締まった身体つき。

理知的な双眸は切れ長で、通った鼻筋も形のいい眉も長い睫毛も、全ては彩りのようだった。引き結ばれた唇はやや酷薄そうだが、育ちの良さが滲んでいる。おそらくかなり頭の回転がいいのではないか。

人目を惹くオーラを発しながらも、軽々しさは欠片もない。ただただ、他を圧倒する存在感を放っていた。

そしてそれらは全て、誰かを思い起こさせる。

海音はどこか懐かしさすらある緩く波打つ黒髪から視線を逸らせず、後ろに立つ宝物の手を強く握った。

――克樹に似ている……

勘違いであってほしい。そんなはずはないと否定し、今すぐ彰悟を押しのけて階段を駆け上がってしまいたかった。

部屋に逃げ込めばひとまずは安全だ。警察に電話して、それから――

「ママ、手が痛いよ」

「……っ、ご、ごめんね、克樹……！」

意識せず、克樹の手を思いきり握り締めてしまったらしい。慌てて力を抜けば、海音の背後から克樹がひょこりと顔を覗かせた。

「……おじさん、だぁれ？」

幼子なりに母親を守らねばと奮起したのか、明らかに怯えていながら克樹が彰悟をじっと見上げていた。その双眸には不信感がありありと滲んでいる。

子どもに怯えられていることに動揺したのか、彰悟は慌てた様子でその場にしゃがみ込んだ。

「初めまして、克樹」

「……ん」

克樹は大人の男性にあまり慣れていない。家庭には、いないからだ。

これが内向的な子どもであれば返事もしないだろうが、元来明るく社交的な克樹は辛うじて短く応えた。

それでも視線を合わせようとはしない。足元を見たまま、海音と繋いだ手からは震えが伝わってくる。

胸が締めつけられる心地がし、海音は今一度勇気を掻き集め、彰悟を睨んだ。

「……沢渡さん、とおっしゃいましたね。ご用件は何ですか。この子も私も、貴方とは面識がないと思います」

「ええ、その通りです。初めてお目にかかります。ですが僕はあなたたちのことを存じ上げている」

心臓が嫌な音を立てて、速度を上げた。

この先の言葉を聞きたくない。けれど耳を塞いでも意味がないことは悟れた。

逃げ場が少しずつ削られてゆく感覚がある。

後回しにしていた諸々の問題が、海音に突き付けられている錯覚。だがそれは、きっと思い込みではない。

——まさか……この人が克樹の父親……？

足元が瓦解する幻覚が見えた。

今更何をしに来たと罵りたい。空音がどんな思いでこの子を産んで、自分たちがどれだけ苦労をして育ててきたことか。

何も知らないくせに押しかけてくるなんて、まるで悪夢だ。いい報せであるはずがなかった。

——この人が克樹の実の父親だったとして、引き取りたいとでも言うつもり？

本能が敵だと叫び、海音は奥歯を噛み締めた。

突然現れた男なんかに、大事な甥っ子を奪われてなるものか。身重の恋人に金を握らせ捨てた相手だ。そんな人間に、権利など一つもあるわけがない。

法律なんて頭から抜け落ちて、海音は迸る心情のまま彰悟に敵意の籠った眼差しを据えた。

「回りくどい言い方はやめてください。私は何が目的かを聞いているんです」

こんなに強い物言いをしたことがないせいで、僅かに声が上擦った。

本当は克樹にこれ以上話を聞かせたくない。さりとて前を塞がれている状況ではどうしようもなかった。

じっとりと掌が汗ばむ。吐き気も込み上げ、叶うなら今すぐ座りたい。

それでも侮られたくない一心で、海音は彰悟の前に胸を張って立ちはだかった。

「落ち着いて話せる場所へ移動しませんか」

「お断りします。間もなく夜になりますし、知らない方と出かけるつもりはありません」

克樹を部屋に残すのも論外だ。四歳児をこの時間帯に連れ回すのもあり得ない。

もっと言えば、海音には話すべきことなんて一つもなかった。

――とにかく今日は追い返そう。時間を稼いで、少しでも冷静にならないと――今は混乱しているせいで、私もどうすればいいのかまるで判断できない。

「……そうですか。では仕方ありませんね。今手短に話させていただきます」

しかし海音の思惑を知ってか知らずか、彰悟はおもむろに立ち上がった。

長身の男に見下ろされる形になり、圧迫感が否応なくのしかかる。

ヒュッと鳴った喉の音を聞かれなければいいと、海音は頭の片隅で考えた。

――まさかここで自分が父親だと名乗るつもり？　克樹の気持ちをちっとも考えていない証拠だわ……！

父親の存在を知らない克樹の前に、突然『お父さんだよ』などと言う男が現れたら、この子がどれだけ困惑し傷つくことか。

他の友達には当たり前のようにいる『父親』が、これまで己にいなかった理由をどう解釈するか考えて、海音はゾッとした。

ますます彰悟への嫌悪感が募り、いっそ克樹を抱えて逃げようかと思案した刹那。

「僕は――克樹の父親である克哉の弟です」

「……え？」

想定とはやや違う言葉に、頭の中が真っ白になった。

最大値まで昂っていた敵意が、急激に萎む。行き場のなくなった怒りの矛先を見失い、海音は無様に目を泳がせることしかできなかった。

「弟……？」

「はい。兄の代理として――甥に会いに来ました」

幾度瞬いても、目の前の現実は変わらない。

夕暮れに染まる古びたアパートの前に、場違いな男が佇んでいるだけ。

混乱の極致の中、海音は二の句が継げず呆けていた。

――何、それ？　父親本人ではなく、代理に弟が来たの？　それって、当事者は雲隠れしたままということ？　――どこまでソラたちを馬鹿にしているの……？

火力が弱まっていた怒りの焔が再び燃え上がる。だが憤怒に呑み込まれそうになった海音を小さな声が引き戻した。

「……ぼくのパパの弟……？」

——この子の前でみっともない真似はできない……！

即座になけなしの冷静さを取り戻した海音は、数度深呼吸した。

相手のペースに乗せられては駄目だ。ここはこちらが主導権を握らなければ取り返しのつかないことになる。

一歩も引くまいと全身に力を漲らせ、海音は克樹に向き直った。けれど何も言うことができず、ただ小さな身体を抱きしめる。

大人よりも幼児の体温は高い。その温もりから勇気を得て、改めて海音は彰悟と真正面から視線を絡めた。

「……ご本人がいらっしゃらない理由は？」

納得できる説明があるなら言ってみろと挑発する気分で、海音は顎をそびやかした。

普段の気弱な自分であれば、こんな態度はとても取れない。まして、生活レベルが違うと分かる格好をした、成人男性が相手だ。気後れするなという方が無茶だった。

けれど克樹に関わることが原因なら、話は別だ。自分はいくらだって強くも嫌な女にもなれる。いやこの子を守るためになってみせると己を奮い立たせた。

「兄は……五年前に病気で他界しました。——ご存じありませんでしたか？」

「え」

立て続けに驚愕する内容を告げられ、流石に海音の処理能力を超えた。

五年前ならば、まだ克樹は生まれていない。だとしたら空音の妊娠が判明したのと同時期に、父親は既にこの世を去っていたというのか。

――どういうことなの？　ソラ……？

戸惑う海音の反応をどう解釈したのか、彰悟が小さく頷いた。

「その様子では知らなかったみたいですね。もしかして、兄と連絡が取れなくなったことで、拗れてしまったのでしょうか。それとも、死期を悟った兄から、別れ話を切り出されましたか？」

「いったい何の話を……」

何故か彼との会話が噛み合っていない気がして、海音は忙しく瞬いた。

何かが、掛け違っている。大事なピースが抜けているような――

「東野空音さん、女手一つで子どもを産み育てるのは、大変だったでしょう。いくら僕たちがあなたたちの存在を全く知らなかったとはいえ、兄に代わりお詫び申し上げます」

「え……っ？」

「生前の兄が使っていたPCを処分する前に起動させたら、あなたたちに関して綴っていたのを見つけました。東野さんとの写真も沢山保存されていて……本当ならもっと早い段階でご連絡を差し上げるべきでしたが、僕が遺品整理を後回しにしてしまい、大変申し訳ありませんでした」

彰悟が深々と腰を折り、頭を下げてくる。大柄で姿勢の良い男の謝罪は、つい見惚れるほど見事な角度を描いていた。

だが、大切なのはそこじゃない。

ここでようやく、海音は自分が空音だと誤解されていると気がついた。

しかし考えてみれば当たり前かもしれない。

克樹は海音をママと呼んでいるし、彰悟が空音の写真を見たなら、一卵性双生児の自分を姉と混同してもおかしくなかった。

もし、空音に妹がいることを彰悟が知らなければ、勘違いするのが当然だ。むしろ同一人物だと思わない方が不思議ではないか。

「違……っ」

否定しかけ、海音はギリギリのところで口を噤んだ。喉が引き攣って、声も出ない。

自分は母親ではなく叔母であると告げるのは簡単だ。けれどその後は？

海音を母親と慕う克樹を傷つけるのは必至な上、万が一彰悟が甥を引き取りたいと申し出たなら。

彼の語った内容が真実であれば、沢渡側の人間が保護者責任を放棄したとは言えないはずだ。つまり立場上、海音と彰悟の権利と義務は同等。

だがそこに『経済的格差』が加われば、天秤は一気に傾くと思われた。

至近距離で彰悟を上から下まで観察すれば、嫌でも分かることが沢山ある。

明らかに着古した服を纏い、身なりに気を配っていない女と、洗練された雰囲気を漂わせ、上質の格好をした男。

——生活に余裕のない叔母である私と、どこから見ても裕福そうな叔父なら、子どもの養育に相応しいのはいったいどちら？

そんなこと聞くまでもなく、誰にだって分かる問題だ。

仮に百人に質問しても、解答は一致する可能性が高かった。

海音だって、いずれは克樹を大学まで通わせたいと願っている。しかしそれは容易なことではない。

決して高給取りとは言えない自分には、とても厳しいことだと理解している。

今後大幅に給与が上がる見込みがないのも間違いなかった。

それでも甥っ子には金銭面を理由に、将来の選択肢を狭めてほしくなかった。

——克樹のことを考えたら——でもソラが残してくれたこの子を奪われたくない……！

この世でたった一人の家族だもの……！

ままならない感情に心乱され、海音は何も言えなくなった。

一瞬の間に考えたのは、狡い嘘。

もしも少しでも冷静さを保っていたなら、倫理的に決して許されない偽りだった。

――叔母の立場では克樹を守り切れない……――だったら、産みの母なら……?

「兄の忘れ形見の存在を両親もこの度初めて知り、会いたいと希望しています。そこで、僕が亡き兄の代理として足を運びました」

「あ、貴方があの人の弟だとしても、今更私たちには何も関わりがありません。わ、私は母親として一人で克樹を育ててきたんですから……!」

ギリギリ真実から逸脱はしていない。

ただ、聞いた相手がますます勘違いする言い回しを、あえて選んでいた。その点が卑怯だと海音は分かっていたが、もう引き返せない。

乾いた唇を舌先で湿らせ、海音は一世一代の大嘘を吐き出した。

「私は……っ、この子の実母です……! 万が一沢渡さんが引き取りたいと言っても、渡しません!」

姉に成り代わり、克樹を欺くことになったとしても、後悔しない。

いつかは報いを受けるだろう。

実の母親の座を掠め盗り、大事な宝物をいずれ傷つけると自覚していて尚、口にした虚言。人として越えてはいけない最低限の一線を越えてしまった。

彰悟の言葉通り、彼の両親が克樹に会うことを熱望しているなら、甥っ子から祖父母を引き離したことにもなる。

――だとしても……引き返せない。

罪悪感のせいか立っていられなくなり、海音はその場に両膝をついた。そのまま後ろを振り返って、克樹を胸に抱く。

今まで、克樹が『ママ』と自分を呼ぶことを咎めなかったし、周囲の誤解を訂正しようとはしてこなかった。けれど己の中で守ってきた決め事もある。

絶対に自分から『母親』だとは名乗らないこと。克樹本人に対しても『ママは』などと口にしたことは皆無だ。

それが海音の良心であり、姉に対する礼儀だと弁えていたから。

だがその最後の砦を自ら壊した。

茨の道に踏み込んだと悟る。この先は、突き進んでも引き返しても、地獄しかない。遅かれ早かれ、破滅の時が待っているのが確実だった。

――構わないわ。克樹を失うより、ずっといい――

この子がいなければ、自分は生きていられない。

空音を亡くし、立ち直れたのは克樹がいてくれたからだ。再び独りぼっちにされる予感に、海音の全身が激しく震えた。

心を侵食するのは、克樹を奪われる恐怖だけ。それ以外の常識も倫理観も頭の中から遠くへ追いやられてしまった。

「……こちらとしても、いきなり克樹を連れ去るつもりはありません。今日はご挨拶だけでもと思い、伺いました。――ただこの子の将来を考えれば、何が一番得策か考えていただきたい」

言外に海音たちの貧しい暮らしぶりを揶揄されていると悟り、カッと頬が熱を孕んだ。しかし恥ずかしさからではない。ぐうの音も出ないほど、的を射た発言だったためだ。悔しいけれど、反論の余地はなかった。それでも、海音にだってプライドはある。それに克樹に対する愛情の大きさなら、負けていない自信があった。

――気圧されちゃ駄目。だって、この人が言っていることを鵜呑みにするわけにはいかない。仮に克樹を引き取りたいと本気で考えていたとしても、可愛がってくれるかどうかは別問題だもの……！

初対面の人間を丸ごと信じられるようなお人好しにはなれない。

そもそも全て真実だという保証はどこにもなかった。

――だけど、亡くなったお兄さんの名前……『かつや』に宛てられる漢字が『克』なら……ソラは我が子に父親の一文字をつけたってことよね……？

そこには、何らかの思いがあったと考えるのが当然だ。憎いだけの相手の名を、息子につけようなんて考えるわけもない。少なからず情があったと想像できた。

「……先ほど、克樹の名前に反応していたのは……」

「兄が残した記録に、男の子が生まれたら付けたい名前として挙げられていたからです。それでも今日ここに来るまでは半信半疑でしたが……克樹の顔を見て、兄の子だと確信しました。子どもの頃の兄に生き写しです」

――つまり克樹の名前は、この子の父親が生前に考えたものだったの……？　それじゃ何故、二人は別れてしまったの。相手の方が病気だったせい？　だけどソラが、愛している人が病を得たからといって見捨てるなんて思えない……

考えるほど混迷を極め、海音は眉根を寄せた。

全身が汗ばんで、頭痛もする。ぐちゃぐちゃに乱れた心は制御不能で、今にも叫び出したくなった。それらを抑え込めた理由はただ一つ。

自分が克樹の母親であるという偽り。我が子を守るのだと自己暗示をかけ、海音は正気を保つことに成功した。

「……今日はお帰りください。突然のことで、こちらも混乱しています」

「時間をおいても、状況は変わりません。むしろ早急に解決するのが得策だと思います」

「……っ、子どもの前ですよ？」

彰悟のあまりにも事務的な物言いに、海音は目を剝いた。

やはり、この男に克樹を任せる気にはなれない。気遣いがなさ過ぎる。叔父がこの有様では、祖父母もたかが知れているのではないか。そう考え、海音は尚更全身を強張らせた。

「帰って！　克樹は母親の私がちゃんと育てます」

「……失礼ですが、暮らしぶりは余裕があるとは言えませんよね。我が家であれば、生活の苦労をさせないと断言できますよ」

「……！」

先ほどよりも直接的に経済状況の差を口にされ、海音の顔が朱に染まった。

赤裸々すぎる言い方に、羞恥と怒りが膨らむ。何てデリカシーのない男だと怒鳴りたいのを必死で堪えた。

仮にも、彰悟は克樹の叔父だ。子どもの前で浅ましい言い合いを見せたくはない。

それだけはしてはならないと海音が拳を握り締めた時。

「……ママをいじめるな……っ」

腕の中で、克樹が尖った声を出した。

普段なら意地悪な友達とだって喧嘩にならないよう気を遣う子にしては珍しい。攻撃性を孕んだ声音に、誰よりも驚いたのは海音だった。

「か、克樹……？」

「ママを困らせたら、ぼくが許さない。おじさんなんか、大っ嫌いだ！」

海音の腕の中から顔を出し、今にも彰悟の前に飛び出しかねない勢いで克樹がもがく。

咄嗟に海音が押さえていなければ、彰悟に飛び掛かっていったかもしれない。そんな勇ましさを湛えた表情だった。

「嫌い！　ママから離れて！」

「か、克樹、私なら大丈夫だから……」

——ずっと私が守らなくちゃって思っていたのに、この子は私を庇おうとしてくれている……いつの間にこんなに強く優しい子に成長していたの？

涙が滲み、視界が歪んだ。同時に、一番優先すべきことが明確になる。

自分のプライドは、この際どうでもいい。貧乏だと面と向かって言われたのも同然だったが、事実なので我慢できる。それよりも遥かに大事なのは、克樹のことだ。

たとえ今日は彰悟を追い払えたとしても、彼はまた近いうちにやってくるだろう。

そしていずれは海音が実の母ではなく叔母だと知られてしまうかもしれない。そうなった際、傷つくのは誰よりも克樹だ。

——だからと言って、この子に慌てて真実を語るなんてできない。父親やその家族について初めて耳にしたばかりの子どもに、母親が三年前に亡くなっていたなんて……

事実が残酷な刃になることは珍しくない。

だとしたら、海音が克樹にしてやれることは、せめて真相が明らかになった時に受ける衝撃を減らしてやることくらいだ。

——全てを語るのは、今じゃない……まだ、早すぎる……

それがいつになるのか判然としなくても、僅か四つの子に受け止め切れるとは思えなかった。

少なくともあと数年。海音が産みの母ではないと知っても、落ち着いて呑み込めるようになるまでは。

「……克樹、叔父さんは君をお祖父ちゃんとお祖母ちゃんに会わせてあげたいんだよ」

「知らない！　ママがいればいいもん！」

涙交じりの声を上げる克樹のおかげで、海音は逆に冷静さを取り戻した。

克樹の頭を撫で、深呼吸して立ち上がる。振り返った先には、困り顔をした彰悟がいた。

「……確かに、我が家にはあまり余裕はありません。きっとそちらの方が裕福なのでしょうね。ですがだからと言って、『はいそうですか』と我が子を差し出すと思いますか？」

「――僕が誤解を招く言い方をしてしまったようですね。こちらも小さな子どもを問答無用で母親から引き離すつもりは毛頭ない。とにかく今日は今までお二人について何も知らず放置していた謝罪をし、今後の我が家の希望を伝えたかったのです」

丁寧な物言いだったが、結局のところ要点は同じだ。

克樹を引き取る準備はある――そう告げていた。

――ソラ……私、どうすればいい……？　この子のための正解は何……？

逃げ道は見当たらない。正しさを基準に選ぶなら、答えは一つに思われた。

「克樹……」

「ママ！　ぼくはママと一緒がいい！」

必死に言い募る克樹は、何か察しているのかもしれない。

小さな手でギュッと海音の服を握ってきた。

「両親はこれまでのお詫びも兼ね、空音さんへ援助を惜しまないと言っています」

「お、お金の問題じゃありません！」

そんなことで悩んでいると思われるのは心外で、海音は愕然とした。

自分はそこまで生活に困窮しているように見えているのか。生活だけでなく心まで貧しいと言われた気がして、眩暈がした。

克樹をダシにして、金銭を要求するつもりは頭の片隅にもない。そんな発想、ただの一度だって持ったことがなかったのに。

「私は――……っぁ……」

極度の緊張状態とストレス、興奮が折り重なって、いよいよ眩暈がひどくなる。立っていられなくなった海音の身体がぐらりと傾いだ。

「ママ……！」

「東野さん！」

支えてくれたのは、大きな手。足元には、今にも泣きだしそうなこの世で一番の宝物。

その光景を最後に、海音の意識は白んでいった。


目が覚めて初めに飛び込んできた天井に、海音は瞬いた。

一言で言えば、白い。

見慣れたアパートの年季が入った茶色とはまるで違う。それに、薄くて重い布団とは全く別物のフワフワした軽い布団の感触で、ここが我が家ではないのを悟った。

――……病院？

疑問形になったのは、室内が海音の知る病室とは段違いに豪華だったせいだ。

広々とした個室。重厚感のあるソファーとテーブル。ちょっとしたホテルの一室と見紛うクローゼットに、ミニキッチンまである。

大きなテレビは、海音の家にあるものよりもよほど立派な最新型だ。

正直、住んでいるアパートよりずっと清潔感に溢れ、充実していた。一般的な病院の特別室だって、ここまでの設備ではないと思う。

唖然としたまま、海音は上体を起こした。

「――目が覚めましたか？」

「……っぇ」

声がした方向に首を巡らせれば、そこにはスライドドアを開け入室してきた彰悟が立っていた。その隣には目を真っ赤にした克樹もいる。

「ママ！」

「克樹！」

「ママが起きなかったら、どうしようと思った……っ」

鼻水を垂らしながら泣きじゃくる克樹の姿に胸が締めつけられる。

飛びついてきた甥っ子を抱き留め、海音は彰悟に視線で経緯を問うた。彼は手にした袋を掲げ、中から飲み物や菓子を取り出し、サイドテーブルに並べだす。

「東野さんが倒れた後病院へ運んだのですが、克樹がずっと泣きっ放しだったので、お母さんをゆっくり休ませてあげなさいと売店に連れ出していました」

「そう、ですか……」

簡潔な説明だ。けれど過不足なく、今どういう状況なのかが理解できた。

「こちらが急ぎ過ぎたせいで、東野さんに心労をおかけしました。申し訳ない」

「……いいえ」

冷淡な一応の謝罪に何と返せばいいのか分からなくて、海音は曖昧な返事をした。

本心では、『そちらの言う通り貴方のせいだ』と詰りたくもある。だが自分に強くしがみ付いて泣きじゃくる克樹の手前、感情のままには振る舞えなかった。

「……お騒がせしました。もう大丈夫ですので、私たちは帰らせていただきます」

「念のため、一晩入院してください。克樹のことはご心配なく。——それにこの病院は沢渡のものですから、支払いはお気になさらず」

「……っ」

見下されていると感じるのは、こちらの被害妄想だろうか。

単純に治療費について気を揉まなくても大丈夫だと言われただけかもしれないが、素直には受け取れなかった。

——ううん、そんなことより……私が入院なんてしたらその隙に克樹を連れていかれてしまう。既成事実を作られれば、きっと私の方が不利になる。

今、海音に分があるのは、『養育実績』のみだ。ならばますます頷けないと思った。

「平気です。元々貧血気味なので、どうってことはありません」

「これまでにも倒れたことが?」

ここで認めれば『健康状態に難あり』と誘導尋問される心地がし、海音は口を噤んだ。

考え過ぎかもしれないけれど、用心に越したことはない。揚げ足を取られてなるものかと気を引き締めた。

「……とにかく、お世話になりました。失礼します」

「ママ、もう平気?」

「うん、大丈夫だよ。克樹。お家に帰ろう？」

「待ってください。僕としては、あんなにセキュリティが甘いところへ、兄の息子を置いておけません」

本音が出たなと秘かに嘆息しつつ、海音はベッドから降り彰悟と視線を合わせた。

――やっぱり、あれこれ理由を付けて最終的には克樹を連れていくつもりだったんだ。

「……後日改めて話は聞きます。でもうちのことに口出しするのは、お断りします」

慎ましい暮らしでも、今日まで甥っ子を育ててきた自負が海音にはある。

贅沢はさせてあげられなかったけれど、健康で人の気持ちを思いやれる優しい子に成長している。それは克樹自身が持つ生来の賢さや健全さによるところが大きいものの、海音だって頑張ってきたのだ。

その全部を、否定されたくはなかった。

――あのアパートは確かに老朽化しているし、高セキュリティとは言えない。だけど大家さんは口煩くなく、近所には親切な人も大勢住んでいる。悪いところばかりじゃないのよ。――何も知らないくせに……

「僕は克樹の叔父です。口出しする権利はあります」

真っすぐな正論は、時に人を傷つける凶器にもなる。

とくに気持ちが逆立った状態の海音にとっては、腹立たしい一撃になった。

「勝手なことを言わないでください……っ」

再び海音が苛立った刹那、その場にそぐわないグゥ……と可愛らしい音が鳴った。

「えっ」

「……ママ、ぼく……お腹空いた」

切ない声と表情で、克樹が嘆く。すると、小さな腹からはまたもや空腹を訴える音が鳴った。

「ご飯、食べていないの……っ？」

夕食を作る前に海音が倒れてしまったので、どうやら食いはぐれてしまったらしい。だがだとしても、四歳の子どもの食事に無頓着だなんて、彰悟の気の利かなさに呆れた。

「何も食べさせなかったんですか？　いったい今は何時……もう二十時過ぎじゃないですか……！」

時計を確認し、血の気が引いた。子どもの生活習慣を何だと心得ている。

海音は克樹の手を取ると、彰悟の存在を無視して扉へ向かった。

「ま、待ってください。僕も何度か夕食を食べに行こうと誘いました。ですが克樹がどうしても貴女の傍を離れたくないと言って……つい先ほど、やっと売店に連れ出したところだったんです」

「それならせめてお菓子じゃなく、食事になるものを買い与えるのが保護者の責任じゃありませんかっ？」

「それは……東野さんの言う通りです。……申し訳ありません」

予想外にも素直に謝られたことで、海音の怒りは僅かに火力をなくした。肩を落とした彰悟の姿が、海音に叱られて落ち込んだ克樹と重なったのも原因の一つ。悔しいけれど、やはりこの二人はどこか似ている。

これ以上大声で糾弾する気は削がれ、深々と嘆息した。

「……いえ、大きな声を出してすみません……」

「ママ、帰る？」

繋いだ小さな手に下から引っ張られ、海音は克樹に微笑みかけた。

「うん。心配かけてごめんね」

「……ぼくね、ママがいなくなったらどうしようって、とっても悲しかった。独りぼっちになっちゃうもん。だからどこにもいかないで……ママ」

その言葉が鋭く海音の胸を刺す。これが外傷であったなら、確実に致命傷だ。

深々と急所を貫いた刃は、海音もよく知る恐怖そのもの。たった独り世界に取り残される恐ろしさ。それはずっと、自分だけが抱えているものだと思っていた。

けれど違う。

克樹も同じ怯えを持っていたのだ。何故そのことに気づいてやれなかったのか、海音は激しい後悔に襲われた。

海音にとって甥っ子が唯一の肉親であれば、当然克樹にとっても同じこと。そんな当たり前の事実を、すっかり失念していた。

特に幼子には、親と家庭こそが世界そのもの。喪うかもしれないと克樹が感じた恐怖は、想像を絶した。

――今まで私は病気も怪我も無縁だったから考えもしなかったけれど……万が一私に何かあれば、この子はたった独りで取り残されることになる。――……私は命がとても儚いことを知っていたはずなのに……

仮に命に関わらない程度の事態であっても、海音が克樹の面倒を数日でも見られなくなったら。

甥っ子はまだまだ大人の助けがなければ生きられない年齢だ。頼れる相手は絶対に必要だった。

ほんの二、三日なら、ママ友や職場の同僚にお願いできなくもない。だが長期に及んだり、多額の金銭がかかったりするとなれば、他人の善意に寄りかかるのは難しいだろう。

――施設に預けるのは嫌。全部の施設がひどい場所ではないと知っていても、私にはあまりいい思い出がない。ソラがいなかったら、とても耐えられなかった。克樹に私たちと同じ寂しさは味わわせたくない。だからもしもの場合……本当にこの子を守ってくれる可能性があるのは……

「……どうしても帰るのであれば、車でお送りします。それからせめて、途中で食事を提供させてください」

「え……」

この病院がどこにあるのかも分からない海音には、正直ありがたい提案だ。

タクシーを使うには持ち合わせが心許ないし、幼児を連れて知らない場所からバスや電車を乗り継ぐのも辛い。それに一刻も早く克樹に夕飯を食べさせてあげたかった。

傷ついたこの子に、せめて空腹感は強いたくない。お腹がいっぱいになれば、多少心も落ち着くと思ったのだ。

「……お言葉に甘えさせていただきます」

――この際、私の気持ちは後回しだわ。使えるものは全部利用させてもらう。克樹のためにふてぶてしくならなくちゃ……！

「よかった」

ほっとした様子で表情を綻ばせた彰悟に、海音は不本意ながらドキッとした。

冷たい顔立ちが、突然柔らかな印象に激変する。

それまでは近寄り難い雰囲気を放っていたのに、今は急に親しみやすさすら感じられた。

しかも、尚更克樹との共通点がはっきりと見て取れる。

甥っ子の無垢な笑顔の面影を見つけてしまい、つい動揺せずにはいられなかった。

「行きましょう。荷物は僕が持ちます」

「ぁ、自分で……」

「これくらい、させてください。貴女に無理を強いたら、克樹にもっと嫌われてしまいます」

歩き出した海音の左側に張り付いた克樹は、厳しい目で彰悟を見上げている。まだ、『ママをいじめる悪者』と見做しているのが、歴然だった。

そんな克樹を横目で確認し、やや傷ついた顔で備え付けの冷蔵庫からエコバッグを取り出す美形は、どこかシュールだ。

野菜や肉が収められた買い物袋があまりにも似合わなすぎる。それから海音のくたびれた鞄も、明らかに男の持ち物としては浮いていた。

だがぞんざいに扱うのではなく、丁寧に持っているのは悪い気がしない。

更には、海音たちのために病室のスライドドアを開けて待ってくれている。

不器用ながら、気を遣っていると思えなくもなかった。

「足元に気を付けて。……克樹、夕食のことまで頭が回らなくてごめんな」

正直、第一印象が最悪だったせいもあり、彰悟が幼児に丁寧な謝罪をするのは意外だった。

いかにもプライドが高い男で、女子どもを無意識に見下しているタイプだと、海音は勝手に思い込んでいたのだ。しかしどうもそうではないらしい。

真摯に頭を下げる姿には、不器用な本音が滲んでいた。

――子どもに慣れていないだけで、そんなに悪い人ではないのかな……一応は克樹の叔父でソラが愛した人の弟に、失礼だったかも……

初対面以降、海音の態度はかなり攻撃的だった。仕方なかったところはあるものの、反省する点もある。

あんな態度で接すれば、相手だって臨戦態勢になるのは当然かもしれない。仏頂面の店員相手には雑な口を利く客だって、笑顔で接客されれば上機嫌になるものだ。それと同じだと海音は内省した。

――それに……どんなに否定したくても、克樹の父親側の親族が現れた事実は消えない。逃げれば済む問題ではなくなった。事態はこれまでとは違う局面に達したのだと海音にも分かる。

回避するのは不可能。ならば建設的に考え、話し合いをする以外に道はなかった。

時間を置いたおかげで海音の頭はだいぶ整理された気がする。もう真っ向からぶつかるしかないのだと、納得することができた。

それに、あまり打算的なことは考えたくないが、綺麗事だけで子育てはできないのが現実だ。もしも養育費を援助してもらえるなら、克樹によりよい環境を与えてやれる。

　または自分にもしものことがあった場合、克樹が頼れる場所を確保しておくのは海音の義務だとも思った。いわば保険だ。

　――自分の計算高さに呆れるけど……そう考えたら、沢渡さんを完全に拒絶するのは得策じゃない。下手に全部突っぱねれば、不信感を抱かれて調べられ私が実の母親ではないとバレてしまう可能性だってある――

「行きましょう。駐車場は、こちらです」

「あの……病院のお会計は？」

「先ほども言いましたが、ご心配なく。僕が勝手にしたことなので、東野さんが気にせずとも大丈夫です」

　気遣いなのか突き放されているのか、微妙な言葉は解釈に困る。

　海音は曖昧に頷いて、克樹の手を握り直した。

「克樹、何か食べたいものはある？　おうどん？」

　幼子をこれ以上不安にさせたくなくて、殊更明るい声を出した。

　極力いつも通りを心掛けはしたが、まだ四歳の克樹には相当なストレスがかかっているはずだ。目の前で海音が倒れた恐ろしさを、可能な限り薄めてやりたい。

　大丈夫だよという意味を込め、海音は渾身の笑顔を浮かべた。

「んーん……おうどんはママが作ってくれたのがいい……」

「それじゃ、ハンバーグ？　それとも生姜焼きかな？」

反応の鈍い克樹に、海音は甥っ子の好物を上げた。だが相変わらず克樹は浮かない顔のまま俯いている。

いつもなら、好きな食べ物の話には興奮気味に食いついてくるのに。

「お腹、空いたよね？　何でも好きなものを言ってごらん」

この時間だから、正直なところ消化のいいものを食べさせたかったが、消沈している克樹を励ましたくて海音はにこやかに告げた。

けれど克樹は顔も上げない。その視線の先を辿り、前を歩く彰悟の踵付近を凝視していることに気がついた。

「……おじさんも一緒にいくの……？」

どうやらそれが不満らしい。

「え……と」

克樹の呟きは彰悟にも届いたのか、後ろから見ていても彼の背中がビクッと強張ったのが分かった。

明らかに聞き耳を立てている。振り向かずとも全身を耳にしているのが伝わってきた。

——気にしているのかしら……お兄さんの忘れ形見に嫌われたくなくて？　それとも、

克樹の好物を知りたいと思っている？　後者なら、ご両親の命令でこの子を義務的に迎えに来たのではなく、ちゃんと興味を持ってくれている証拠よね……

「駄目？　お家まで叔父さんが送ってくれるって。だから途中でご飯を食べよう？」

「だめ……じゃ、ない……」

途切れがちに紡がれた言葉は、克樹の心根の優しさを示している。本当は『駄目』と言いたいに違いない。だが空気を読んで気を遣っているのだ。

――この子に嫌な思いはさせたくないけど……いずれ私が本物の母親じゃないと克樹が知った時、自分を愛してくれる人が他にも沢山いる環境を用意してあげたい……

痛む胸から目を逸らし、海音は深く息を吸った。

「克樹、私は貴方が大好きだよ」

「ぼくだって、ママが世界で一番大好きだよ！」

――ありがとう。その言葉で、これからも生きていける。

この先、どんな嵐に見舞われたとしても。深い海の底に沈むことになったとしても。半ば自分から飛び込んだ形だ。

――ソラ、貴女の居場所を奪ってごめんなさい。でももうしばらく見守ってほしい。克樹にとって本当に一番望ましい居場所を作ってあげられるまでは……どうかお願い。時間をちょうだい。

人として最低な嘘を吐いた報いはいずれ必ず受ける。

最終的に海音は全て失い、独りぼっちになるだろう。だが、それでもよかった。

「ちゃんと食べないと、お腹ペコペコで眠れなくなっちゃう。ほら、克樹。素直に食べたいものを言ってごらん。でないと私もお腹が空いて辛いんだ」

「ママも……っ？　じゃ、じゃあラーメン！」

海音が泣き真似をすると、慌てた様子で克樹が叫んだ。

自分の空腹感より、海音が辛いと言ったことの方が克樹にとっては重大事だったようだ。

そんな優しい子どもを慈しまないわけがない。

海音は愛情が籠った眼差しを『我が子』へ向けた。

「よし！　じゃあラーメンを食べて帰ろう！」

2 波乱の顔合わせ

「これが兄の残した写真です。クラウドに保存されていたものを、プリントアウトしてきました」

手渡されたのは、一冊の本が出来上がりそうな分量だった。

「本来なら、データでお渡しするつもりでしたが、東野さんがパソコンをお持ちでないとおっしゃったので」

「ありがとうございます」

パソコンどころか、海音は携帯電話もかなり古い機種を最低限のプランで契約している。辛うじて『所持している』状態だ。つまり、データ容量は乏しいし、月々の通信料も少ない。

とても克哉が残していた大量の写真をダウンロードすることなどできず、苦肉の策として紙に出力してもらうこととなった。

そして今日、それを彰悟から受け取る約束を交わしていたのだ。

場所は海音たちの住むアパート近くのファミレス。時刻は昼時。

昼休憩を利用して、海音は職場を抜けていた。

——これが……克樹の実の父親……

写っていたのは、大半が空音の姿。それも恋人が撮ったと一目で分かる、柔らかな笑顔の姉が何枚もあった。

男女二人揃って写っているのは少ない。それでも身体を寄せ合って幸せそうなのは、存分に伝わってくる。

どう見ても、うまくいっている二人だった。

——ソラ……それなのにどうして別れてしまったの？

写真に収められた恋人同士には、何も問題はないように見える。けれどこの数か月後には破局が訪れたことを海音は知っていた。

空音の隣に立つ男性をそっと指でなぞり、海音は『何故？』と再度胸中で繰り返す。

沢渡克哉。

顔立ちは彰悟とよく似ている。緩く癖のある髪や涼やかな目元も。ただ朗らかに笑った顔が、克樹にもっと生き写しだった。

こうして見る限りでは、重い病に侵されているとは思えない。

どちらかと言えば、健康そのもの。顔色は悪くなく、やつれた様子もなかった。

数か月後には余命宣告をされるなんて、本人にとっても悪夢だったに決まっている。

——何事も他人から見ただけでは、分からないってことね……

写真には、海音が知らない姉の時間が写し取られていた。

恋をしている女の顔。明るい未来を思い描き、希望に瞳を煌めかせている。

地元にいた時よりも派手になったのは否めないが、それは綺麗になったのと同義でもあった。

——好きな人がいたからなんだね……ソラ。

あのまま海音と地元で燻っていたら、空音はこんな笑顔を浮かべなかったかもしれない。

更に言えば、克樹を授かることもなかった。

——私、ソラは辛い恋愛をしたのだとばかり思っていたけど……違ったのね。幸福だった時もあったんだよね……？

どうかそうであってほしいと、心の底から願った。

結末は別離だったとしても、空音と克哉の間には心底満たされた時間が存在したのだと思いたい。愛し合った二人から克樹が望まれて生まれたのだと——信じたかった。

——こういう写真を大事に残していたくらいだもの……克哉さんにも未練があったはず

だわ……

輝く時間の中で止まったままの恋人同士は、睦まじく手を繋いでいる。顔を寄せ合って頬を赤らめているものもあった。

お似合いだと感じ、同時に切ない。もうこの二人が新しい時間を積み重ね、共に歩むことはないのだと悟らずにはいられなかったから。

「兄は……東野さんをとても大切に想っていたんですね。貴女を見る目が、どれもこの上なく優しい」

「え……っ、ぁ、は、はい……とても……大事にしていただきました……」

姉を懐かしんでいた海音は、彰悟の言う『東野さん』が咄嗟に自分のことだと自覚できず、狼狽えた。

彼は海音を空音だと思い込んでいる。つまり兄のかつての恋人であり、克樹の産みの母親だと。その誤解を利用して、危うい橋を渡っているのだ。

ボロを出すわけにはいかず、慌てて気を引き締めた。

「……とても懐かしいです。……嬉しい」

その言葉に嘘はない。生前の姉に会えた気分がし、泣きたいくらいだ。それもどれも楽しそうな弾ける笑顔ばかり。これは是非、克樹にも見せてやりたいと思った。

——生きていくのに精一杯で、ソラの写真はほとんどないものね。あっても、克樹を撮ったものにちらっと写っている程度で……

いつか『これが本当のお母さんだよ』と手渡したい。両親が揃った写真は、間違いなく宝物だった。

「今日、克樹は保育園ですか？」

「ええ。私が少し残業になっても融通を利かせてくれる園なので、とても助かっています。友達も沢山いて、毎日楽しそうに通っています。今は積み木で遊ぶのが一番好きだそうです」

彰悟が甥っ子について知りたがっている意図を察し、海音はさりげなく克樹の情報を織り交ぜた。

初対面以来、彰悟は時間を作って足繁くこちらに通ってきている。

しかし克樹との仲が良好とは言い難かった。

相変わらず甥っ子は彰悟を警戒し、敵意を隠そうとしない。顔を合わせれば、すぐに不貞腐れた様子で海音の後ろに隠れる有様だ。

これには海音自身、自分にも責任の一端がある気がして気まずかった。

——やっぱり私が最初の対応を誤ったせいで、悪い印象が残ってしまったのよね……

望ましい事態とは言えず、どうにか改善できないものか日々模索中だ。

けれど彰悟が珍しい菓子を持ってきてくれても、なかなか入手できない流行りの玩具をプレゼントしてくれても、克樹の反応は鈍いままだ。

一応は『ありがとう』と受け取っても、大半がそのまま放置されていた。

――もっとも、私が見ていない隙に玩具は遊んだ形跡があったし、お菓子だって勧めれば食べている。だから、全く興味がないってわけではないのよね？　素直になれないだけで……

まだ克樹の側に受け入れる準備が整わないのだと思う。

それに彰悟の方も、幼子とどう接していいのか分からないのが見受けられた。

――両方とも不器用なのよね。そういうところは、確かに血が繋がっていると思うわ。

ふとした瞬間、表情や仕草が似ていると感じることは多い。けれどこれが実の父親である克哉なら、もっと共通点を見つけられたのかもしれなかった。

「今日は克樹のお迎えを一緒に行きますか？」

「いや……そうしたいのはやまやまですが、仕事に戻らねばなりません」

こうして彰悟と交流を重ねるようになってから、早二か月。

彼はかなり多忙のため、克樹の予定に合わせるのも難しいようだ。結果、せっかく足を運んでも甥っ子とは会わずに帰ることも多かった。

――本当は沢渡さんだってあの子と仲良くなりたいだろうに……私と顔を合わせても意味ないものね……でもまだ二人きりにするのは不安だわ。

本当なら海音が上手く立ち回って、克樹と彰悟の距離を縮めるべきかもしれない。それがいいと頭では分かっていた。

だが割り切るには勇気が足りない。やはり心の片隅では、克樹と離れたくない気持ちが拭えないのだ。

そんなこんなで嫌がる克樹に無理強いはできず、ギクシャクした関係が続いたまま。

――これじゃ駄目だと分かっている。でもまだ、この人を心の底からは信じきれない。

――克樹を託せる人なのかどうか、見極めないと……

この二か月、彰悟のおかげで空音に関する空白を埋めることはできた。

海音と離れ、都会に出ていった姉がどんな暮らしをしていたのか。いつどこで克哉と出会い、付き合ったのか。

予測していた通り、空音は夜の店で働いていたらしい。そこへ、たまたま取引先の相手に連れられ、克哉が来店したことが始まりであったそうだ。

その後克哉が一人で店に通うようになり、やがて二人は交際に発展した。

もっともそれらの事実が発覚したのは、全て克哉が亡くなってから。

彼の残した日記によって、判明したことだった。

しかしその肝心の記録も唐突に途切れている。おそらく、体調の悪化によって続けられなくなったのではないか。

最後の更新では空音の妊娠を知り、男の子が生まれたら『克樹』と名付けたいという書き込みで終わっていた。

——その時点までは二人に別れ話は出ていない。

二人は本気で愛し合っていた。結婚も視野に入れ、計画を練っていたのは確実。

綴られた記録のあちこちには、将来に対する展望があり、未来を夢見ているのが滲んでいた。

——でも、沢渡のご両親に挨拶をする前に破局したのよ。

克哉の日記には、厳格な両親が空音を認めてくれるよう、充分根回しをするつもりだと書かれていた。

——そりゃそうよね。いい家の跡取り息子の相手が、親がなく低学歴でお酒絡みの仕事をしているとなれば……ましてや授かり婚を嫌がる人だって、少なくないもの。

自嘲で、海音の唇が歪む。

世間一般的に自分たちがどう見られるのかは痛いほど分かっているつもりだ。

これが家族と死別であれば同情してくれる人が多数でも、『捨てられた』子どもとなると世間の目は厳しい。その子自身に非はないにも拘わらず、関わり合いになりたくないと考える人々は一定数いるのだ。

上流階級と呼んで差支えがない層に属する沢渡家ならば、尚更なのではないかと思った。

少なくとも、姉たちはそれを恐れていたのでは。空音のバックボーンを理由に結婚を反対される可能性が高いと考えたはずだ。

つまり、克哉の両親は条件で人を判断する人たちということではないか。

「――それで、いつ沢渡の家に克樹を連れてきてくださいますか」

「……」

海音が彰悟への苦手意識を完全に払拭できないのは、こういうところが原因だと思う。

彼は海音が克樹を連れて、祖父母に会いに行く――または克樹を送り出すのを、当然だと考えている。時機を見ているだけで、結果は同じだと思っているのだろう。

こちらが断固拒否するとは想像していないのだ。少しばかりごたついても、最後は沢渡家が克樹を引き取るのを当たり前だと思っている節があった。

その前段階として、祖父母に会わせようとしているのは間違いない。

――一度会ってしまえば、あちらのご両親はますます孫を手元に置きたいと思うに決まっている。だって克樹は可愛いもの。二度と手放したくないと考えるんじゃ……その時、私は邪魔者でしかない。

彰悟の目論見が分かるからこそ、海音は彼が自分たちを訪れるところまでは許容できても、その先となると足踏みしているのが現状だった。

冷静に俯瞰して見れば、空音だと思われている海音は、沢渡の両親にとって『息子を誑かした上、病床にあるのを見捨てた女』だ。

孫は可愛く思えても、母親はいらないのではないか。

彰悟の言動からそこはかとなく漂う、『持っているものの傲慢さ』にも尻込みする。人を従えることに慣れているのだろう。どこか独善的で、気の弱い海音は油断するとあっという間に押し切られそうになってしまった。

彼の言葉の端々に『生活が大変なら、克樹を手放し別の道を選んではどうか』と滲んでいる気がする。被害妄想だとしても、自分よりあらゆる面で格上に感じられる相手に引け目を抱くのは、理屈ではなかった。

——この人たちと克樹はうまくやっていける……？　あの子がもし、職業や学歴、生まれで人を差別する人間になったら、私は悲しい……

付き合う人間が変われば、価値観だって変化する。そのこと自体は悪くない。

環境が人を作るのも事実だろう。

それでも——自分の努力だけでは変えられない『その人の生まれ』を見下すような人間にはなってほしくない。

博愛主義を標榜しろとは言わないが、人には事情があり、外側の条件だけでは見えない人間性を重視できる子であってほしかった。

——ソラを拒絶したかもしれない人たちの考え方に染まってほしくないと思うのは、私のエゴ？

何だかんだ理由を付けて、克樹を手放さず済むよう画策しているだけと言われれば、完全な否定は難しい。海音自身、自分の気持ちを持て余しているのが事実だった。

——だけどそろそろ、問題を先送りにするのは限界なのかな。

「来月の半ばに、母の誕生日があります。その日に我が家へ来ていただけませんか。今からなら、職場に休みを申請できますよね？　迎えの車はこちらで手配します。服は先日贈ったものを着てください」

海音の態度が軟化しつつあるのを敏感に感じ取ったのか、彰悟が一息に捲し立てた。口を挟む隙もない。

表向き問いかけの形をとっていても、決定事項を報告されている気分になる。

いや、彼にそのつもりがなくても、大差はないと言えた。これは、命令と同義だ。

もはや彰悟の中では決まったことなのだと、海音には分かった。

——行くとも行かないとも返事はしていないのに……ああ、だけど何か理由やきっかけがないと、私はグズグズとして決断できないもの。丁度いい機会なのかな……

海音の優柔不断さを彼は見抜いている気がした。

やや強引に選択を迫られないと動けない。無意識に現状維持を望んでしまう。そういう狡さも。

「……強引ですね」

せめて完全に流されまいと、控えめな抗議をする。しかしちっとも気にした様子のない彰悟は、これで今日の最大の用件は片付いたとばかりに立ちあがった。

「孫に会うのは、僕の両親の権利でもあります。支払いはしておきますので、ごゆっくりどうぞ。それではまた」

伝票を手に去ってゆく彼は、後姿も様になる。地方都市には珍しい洗練された姿に、店内の客らの視線が自然と集まった。

取り残された海音は膝の上で拳を握る。

どうしてか、己の不甲斐なさを責められた心地がし、愉快ではない。祖父母の権利と言われてしまえば、全くもってその通りでぐうの音も出なかった。

もし真実自分が克樹の母親であれば、もっと強気になれたのかもしれない。

だが嘘を吐いている手前、遠回しに糾弾された錯覚に陥った。論破されたか、もしくは言い包められた気分は面白くなく、端的に言えば傷ついたのだと思う。

泣くつもりなんて毛頭ないのに、目頭が熱くなる。海音は冷めたコーヒーを勢いよく呷った。

「――あの、権利と言ったのは、東野さんに圧力をかけるつもりではなくて……克樹のためにも後ろ盾は複数あった方がいいという意味です。うちの両親は、それなりにあの子の力になれるはずですから――」

てっきりとっくに店を出ていったと思っていた彰悟の声が真横で聞こえ、海音は驚いて顔を向けた。

するとそこには、やや気まずげな様子の男が立っている。

驚きに瞬いていると、彼は視線を泳がせながら頭を掻いた。

「僕は言葉足らずで、つっけんどんだといつも言われます。その……東野さんを追い込む気はないので、誤解しないでいただきたい。僕の言い方がきつく感じられたのなら、謝ります。全て克樹のためを思えばこそ、強引な言い回しになってしまいました」

「ぇ……その……」

「とにかく、貴女の意思を無視して無理やり引き離す真似はしません。克樹が東野さんを心から慕っているのは、この二か月でよく分かっています。とても愛情を注いで育ててくれているんですよね……ありがとうございます」

実直に頭を下げられ、唖然とした。

――私はまだ、この人についてよく知らない。表面的な態度から、内面を推し測れるほど親しくもない。だからぶつけられる言葉から推測することしかできなくて、不器用な人なのか傲慢な人なのか、判断しかねている……

解釈によって、同じ言動でも意味は百八十度変わることがある。対象や場面、タイミングでも同じことが言えた。

ならば自分は本当に彰悟の言わんとしていることを把握できているのだろうか。見極めなくてはならない。そう思い、海音も立ち上がって頭を下げた。

「……来月、お伺いします。どうぞよろしくお願いいたします」

「よかった。僕の言い方が悪くて、東野さんを傷つけたのかと心配になりました」

柔らかく微笑む彰悟へ、店内中の視線が集まる。ただでさえ注目の的だったのに、今や男性客までがこちらに興味を持っていた。

「い、いいえ。平気です」

――私の反応を気にして、引き返してきたの……？

不可思議に胸が軋み、乱れた鼓動の意味はよく分からなかった。

頬に集まる熱の原因も不明で、海音は俯く。こんなにも整った顔立ちの男性を前にしたことがないから、冷静さを欠くのかもしれなかった。

――克樹も大人になったら、こんなに素敵な男性になるのかな……いやでも、ソラの社交性が加われば、もっと愛嬌があるに決まっている。それに写真を見ただけでも、克哉さんの方が彰悟さんよりも優しそうだった……

克樹の将来を想像し、海音は動揺した気持ちを宥める。数度深呼吸して落ち着きを取り戻し、今度こそ帰ってゆく彰悟を見送った。

——来月……ついに克樹を祖父母に会わせるのか……ここが踏ん張り時だわ。

本音を吐露すれば、非常に気が重い。考えると、胃の辺りがズンと重くなった。

——でも今日はソラの写真を手に入れられたから……嫌な気分も帳消しよね。

大事な紙束を丁寧に鞄に入れ、海音は自分を慰めた。

鬱々としていても仕方ない。もう賽は投げられたのだ。この先は溺れぬよう死に物狂いで泳がなければ、克樹を守れない。

怖気づきそうになる身体を叱咤して、海音は自らを奮い立たせた。

決戦の日は、来月半ば。まずはそう自身に言い聞かせて。


目的地に近づくほど雲一つない青空が広がるのは、吉日の証か。それとも意地悪な神様の皮肉なのか。

「こっちはお日様が出ていて、気持ちがいいね。ママ」

「そ、そうね。あっちは昨日から大雨だったものね……」

地元は土砂降りや豪雨と呼んで差支えない悪天候だったので、迎えの車がアパート前まで来てくれなければ、今日は外出を見送ったかもしれない。

克樹の祖母に当たる女性の誕生日当日、海音は緊張感を漲らせ、大きな屋敷の前に立っていた。

——想像していたよりも、ずっと立派なお宅……

親戚が病院を経営していたり、本日のため克樹だけでなく海音の外出着までを高級店でポンと買い揃え、送迎用に運転手付きの車を手配したりできる人たちだ。海音が軽く調べたところ、沢渡家が関わる事業は全国に散っており国政を担う者も多数輩出しているらしい。

かなり裕福であるのは覚悟していた。しかしこれほどとは。

——メインの事業として、外食チェーンを国内外でカジュアルなものから高級路線まで経営しているとは知っていたけど……それ以外にも富裕層向け不動産業やら何やら多岐に渡っているのは本当だったのね……

門扉から建物の扉までが、とんでもなく遠い。

そもそも乗車したままゲートを通った時点で、海音は度肝を抜かれてしまった。

それは克樹も同じだったらしく、初めこそむっつりと不機嫌そうだったのに、最終的にはキラキラと目を輝かせていた。

子どもは珍しい乗り物が好きな子が多い。克樹も例外ではなかった。

「ママ、すごいねぇ。この車とっても長いのに、上手に曲がるんだね。格好いい！」

幼子の無邪気な台詞に気をよくしたのか、ここまで三時間近く運転してくれたドライバーもニコニコと海音たちを見送ってくれた。

「そ、そうだね……」

本当は、車がどうこうなんて気にする余裕もなかった。今から克樹の祖父母と対面するのだ。これが今後重大な意味を持つ面談なのは、考えなくても分かる。

海音と克樹がこの先まだ一緒に暮らせるのか。あわよくば金銭的援助を受け、これまで通りの生活を維持したい。

しかしそんなに都合よくいかないことも理解していた。

一歩間違えば、海音は守りたいもの全てを失う。その確率は決して低くない。

落としどころを探るつもりで、海音は信じていない神に祈った。

――それにしても、沢渡さんのご実家がこんなに遠いとは思わなかった。あの人はいつも、片道三時間近くかけて行き来してくれていたんだ……とても多忙そうなのに、疲れた素振りも見せず。……それは克樹のことを親身に思ってくれているからだと考えていいのかな……

「お待ちしていました。迎えに行かれず申し訳ありません」

出迎えてくれたのは、いつもよりラフな格好の彰悟だった。これまで彼のスーツ姿しか目にしたことがなかったので、やや新鮮に映る。

――彼にとって、ここは実家だものね。かっちりした格好のわけがない。――私にとっては……敷居が高く、場違いでしかなくても……

海音の住むアパート一部屋分ほどもありそうな玄関で、既に圧倒されていた。

磨き抜かれた床はピカピカだ。天井は高く、壁には何枚も絵がかけられている。

本当にこの家に上がっていいのか、戸惑うほど。完全に気圧されて、海音は固まってしまった。

「ママ?」

対して克樹はさほど緊張していない。むしろ見たこともない豪邸に興味津々なのか、頬を紅潮させていた。

「すごいねぇ。あれは何?」

「あ、触っちゃ駄目よ、克樹……!」

甥っ子が伸ばした手が、よく分からないオブジェに触れる前に海音は慌てて摑んだ。

繊細な細工物はちょっと触っただけでも壊れてしまいそうだ。ガラス細工も、陶器も怖い。何やら歴史がありそうな模型なんて以ての外。

どれもこれも美しく、かつ幼児の興味を引くのが厄介だった。

「よ、他所のお宅で勝手にものに触れては駄目だって、言ったでしょう?」

「あ、そうだった。ごめんなさい」

素直なのはいいが、珍しいものが満載の場所にこれ以上留まるのは危険だ。いくら克樹が聞き分けのいい子でも、所詮は四歳児。こちらの注意なんて、好奇心の前には紙屑同然だった。

「わぁ、ママあれ見て！」

「う、うん。後でね。先にご挨拶しましょう」

この訪問に乗り気ではなくても、本日の目的を果たさなければいつまで経っても帰れない。そこで海音は今すぐ回れ右したい気持ちを捻じ伏せ、彰悟の案内に続いた。

「こっちです」

そんな母子の様子を彼に微笑ましく見守られていると気づく余裕もなく、海音の心臓が一層暴れ出す。

もう、いつ口から飛び出してもおかしくない速さに心音が加速した頃、長い廊下の先にある部屋へと通された。

「――ようこそ、東野空音さん。克樹」

室内で待っていたのは、威厳漂う壮年の男性と、孫がいるとは信じられない美しい女性だった。

一目で彼らが克樹の祖父母だと分かる。二人それぞれの特徴を甥は引き継いでいた。

外見は祖父に似ている。だが表情豊かな双眸は、祖母譲りと思われた。

「まぁまぁ、よく来てくれたわね。長い移動で疲れたでしょう。空音さんに克樹、さ、座ってちょうだい」

にこやかに手招きされ、海音は戸惑った。てっきり、克樹は歓迎されても自分は冷遇されると思っていた。下手をすれば無視くらいされると覚悟していたのに、祖母には拒絶の空気が全くない。

それどころか諸手を挙げて大歓迎の雰囲気だ。

テーブルには沢山のスイーツ。

母子が並んで座れるよう、お揃いのクッションが椅子には敷かれている。

室内の片隅に山積みされているラッピングされた箱は、克樹へのプレゼントだろうか。

他にも、四歳男児が興味を示しそうなものが、あちこちに飾られていた。

「喉は渇いていない？　まずは座って、ゆっくり話をしましょう」

「あ、あの……」

「あらいけない。その前に自己紹介よね。私は沢渡美佐子といいます。克哉と彰悟の母です。そっちにいるのが、私の夫で勝よ」

先に名乗られてしまった海音はますます慌てた。本当ならこちらからきちんと挨拶するつもりで、脳内でシミュレーションもしていたのだ。

しかし想定外の様子に呑まれ、すっかりタイミングを逸していた。これでは礼儀知らずも甚だしい。

ただでさえよく思われていないはずなのに、更に印象を悪くするわけにはいかない。

海音は大きく息を吸い、深く頭を下げた。

「東野空音です。初めまして……ご挨拶が遅くなり、申し訳ありませんでした」

「あらあらいいのよ。そのことに関しては、お互い様だもの……」

「その通りだ。本当なら貴女一人に子育てを背負わせてはいけなかった。こちらこそ知らなかったとはいえ、申し訳ない」

——何だか、沢渡のご両親は、勝手に予想していた為人とは違うみたい……

罵詈雑言もあり得ると身構えていたのが、拍子抜けする。

海音の妄想の中で彼らは、もっと選民意識で凝り固まり傲慢で排他的だった。だからこそ姉は妊娠を打ち明けることなく、去ったのだと。

ところがどうだ。まだ出会って数分しか経っていないけれど、嫌な物言いをされることも、蔑ろにされることもない。

むしろ最大限の気配りをされていると言っても過言ではなかった。

「……東野克樹です……四歳です」

海音の様子を窺っていた克樹が『この人たちは怖くない』と判断したらしく、ぺこりと頭を下げる。すると、美佐子がたちまち涙ぐんだ。

「貴方、見た？　何てお利口なの……もうそんなにしっかりと自己紹介ができるのね」

めて頭を下げた。

「ああ。物怖じしない、とてもいい子だ」

ニコニコと笑顔で褒め称えてくれる二人に気をよくしたのか、克樹は海音の前に出て改

「本日は、お招き、ありがとうございます」

「んまぁ……可愛い！　天才なんじゃない？」

教えた通りの挨拶を堂々と実践できる克樹は、海音よりも大物である。祖母に頭を撫でられ、ますます上機嫌になった。

美佐子の手に気持ちよさそうに目を細め、並び立つ祖父母の間で視線を往復させる。そしておもむろに、口を開いた。

「ぼくの、お祖父ちゃんとお祖母ちゃんですか」

純真無垢な一言に、その場にいた大人全員の動きが止まった。

美佐子が海音の許可を得ようとするように、チラリとこちらに視線を向ける。その僅かな動作が、途轍もなくありがたい。

本来であれば彼女は、自己紹介の時も『克哉と彰悟の母』ではなく『克樹の祖母』だと宣言しても不思議はなかった。それなのに、ワンクッション置いてくれた。

おそらく、海音のタイミングに合わせてくれるつもりだったのだろう。

対面の場をやや強引に設けても、祖父母であると名乗るのは母親の意思に合わせるつも

りだったのかもしれない。

克樹の心情を慮って、無理やりしゃしゃり出る真似はせず、眼差しで海音に『告げてもいいか』と了解を取ろうとしてくれていた。

短いやり取りの中で、美佐子の思慮深さを垣間見た気がする。勿論、その横で微笑む勝も素晴らしい人柄に違いない。

海音が小さく頷くと、美佐子の表情が明るく輝いた。

「ええ、そうよ。私が克樹のお祖母ちゃん。そしてこの人がお祖父ちゃんよ。今日は会いに来てくれて本当にありがとう。とても嬉しいわ」

皺の寄った目尻には、涙が湛えられていた。それから、双眸には孫に対する慈しみが。

勝も嬉しそうに相好を崩し、克樹の頭を撫でている。

どこからどう見ても、仲の良い祖父母と孫の姿。そこには、妙な思惑の気配は一つもなく、ひたすらに『会いたかった』気持ちだけが滲んでいた。

——今日、克樹を連れてきてよかった……きっと、これが最良の選択だったんだ。でもこんなに温かな人たちなのに、何故ソラは結婚を反対されると思ったんだろう……

孫が会いにくるのと、息子が結婚相手を連れてくるのでは意味が違うかもしれないが、仮に空音がこの家へ挨拶に来ていたとしても、断固拒否はされなかった気がする。

多少の反対はあっても、最終的には温かく迎え入れてもらえたのでは。

何せ当時姉の腹には、克樹が宿っていたのだ。

海音が見た限り、沢渡の人々が身重の女性を邪険に扱うとは考えられない。世間体を気にして、何某かの苦言を呈することはあっても、門前払いするような非情さは持ち合わせていないと思う。

妊娠自体を秘密にしたまま姿を消した空音の行動は、矛盾している気がした。

――ソラ……何を恐れていたの？　それとも、私に人を見る目がないだけ……？

克樹の祖父母を『いい人たちだ』とあっさり信じたくなっている自分が甘いのか。

判断するには情報が少なくて、海音はひとまず気を引き締めた。まだ彼らを信じきるのは時期尚早の可能性もある。

油断しては駄目だと秘かに己を律した時、突然部屋の扉が開かれた。

「――お邪魔します。おじさま、おばさま、お待たせしました」

大きな荷物を抱え入ってきたのは、とても美しい女性。年は海音と同じくらい。

栗色の髪は手入れが行き届いているのか、艶やかにカールしている。大きな瞳に肉厚な唇。睫毛は長く豊かで、どちらかと言えば派手な顔立ちだった。それでも下品に見えないのは、さりげない所作に気品が溢れているためか。

いかにも良家の令嬢といった風情の女性は、軽やかな足どりで室内へ入ってきた。

「道が混んでいて、少し遅れてしまい申し訳ありません。――ああ、この子が克樹君ですか？　初めまして、私は沢渡日菜子（ひなこ）です」

知らない人がすぐ傍でしゃがみ込んだことに驚いたのか、克樹が美佐子に身を寄せた。

「だぁれ？」

その様子に苦笑して、日菜子が抱えていたリボンのついた大きな袋を差し出す。おそらく、プレゼントだろう。

しかし四歳の子どもには抱えるのが難しいのか、はたまた海音がいつも『知らない人からものをもらってはいけません』と教えているためか、克樹が戸惑った顔でこちらを見てきた。

「あ……お母さんへの挨拶がまだでしたね。私は沢渡日菜子と申します。克哉と彰悟の親戚で幼馴染でもあります」

克樹の視線で初めて海音の存在に気付いたのか、日菜子は慌てて立ち上がりにこやかに名乗った。

ふわりと花の香りが広がる。彼女の纏う香水はとてもいい匂いで、洗練された雰囲気によく似合っていた。身に着けた服やアクセサリーも同様。一目でいいものだと分かる。それらを完璧に着こなし、同性から見ても魅力的だった。

――私とは、全く違う……。

今日の海音だってかなり上質の装いに身を包んではいるが、普段の格好とかけ離れているためか『着られている感』は否めない。

言葉にできない気恥ずかしさを覚え、海音は小声で「東野空音です」と返すのが精一杯だった。

「今日は克樹君がいらっしゃると聞いて、是非私も会いたいと思い、参加させていただきました。きっとこれからも会う機会は多いですし」

「日菜子ちゃんは、うちの娘も同然なの。空音さんと年が近いし、きっと話が合うと思って呼んだのよ」

「お、お気遣いありがとうございます」

美佐子に言い添えられ、海音は礼を告げた。

緊張する場面に人が増えたことで、気疲れはある。それでも明るくハキハキした日菜子ならば、克樹もすぐ懐く予感がした。

「さ、克樹君。お母さんと私はこれでもう友達になったから、私からのプレゼントも受け取ってもらえるかな？」

「あ、ありがとう……」

勢いに押された感じにはなったが、克樹は日菜子からの贈り物を受け取った。だが大きすぎて四苦八苦している。苦笑した彰悟が、代わりにリボンを解き袋から出すのを手伝ってくれた。

「わぁ、消防車だ！」

出てきたのは、子どもが跨れそうなくらい大きな消防車。梯子を動かしたり、水を入れれば放水したりできる本物そっくりのものだった。

これには乗り物好きな克樹は目を輝かせている。

すぐに興奮した面持ちで、日菜子に礼を述べた。

「ありがとう！　えっと、ひなちゃん？」

「ちゃんとお礼が言えて偉いね。本当、賢そうなところが克哉にそっくり……」

幼馴染を思い出したのか、日菜子の瞳が潤む。それを振り払うように、「早速遊んでみる？」と克樹に誘いをかければ、甥っ子は大きく頷いた。

「うん！」

「あらあら、待って。私たちだって克樹にあげたいものがいっぱいあるのよ。それも開けてみてちょうだい」

美佐子が部屋の隅に積まれたプレゼントの山を指し示せば、克樹が歓声を上げた。

「ぼくにくれるの？」

「勿論よ！　ほらお祖母ちゃんと一緒に中を見てみましょう」

「うん！」

祖父母に促され、克樹が駆け寄っていく。その後姿を海音は微笑ましく見つめた。

——あんなにはしゃいで……今まであまり新品の玩具を買ってあげられなかったものね。ありがたいけど、ちょっと申し訳なくもある。

家にある玩具は、彰悟が持ってきてくれたもの以外は中古や貰い物ばかり。それでも克樹は一度も不平不満を口にしたことがなかった。

だが本当は我慢していたに決まっている。

克樹がどれだけ海音に気を遣ってくれていたのか見せられた思いで、痛む胸を押さえた。

だが、感傷に浸れたのは、ここまで。

ふわりと芳しい香りが漂い、甘い芳香が海音の鼻腔を擽った。

「……空音さん、さっきはおじさまたちの手前初対面の振りをしましたが、お久し振りです」

「……え」

至近距離に立った日菜子が、こちらにだけ聞こえる声で囁く。さながら、秘め事の共有。

泳ぐ視線を彼女に据えれば、日菜子は軽く肩を竦めた。

「私たち、顔見知りではないことになっていますもんね。そのままの方が、空音さんも都合がいいでしょう?」

何のことかさっぱり分からず、海音は激しく狼狽した。

けれどそんな反応に、彼女は『分かっている』とばかりに頷く。

「大丈夫です、安心してください。今回も私は空音さんの味方です。克樹君のためにうまく立ち回りますね」

話が全く見えない。しかし一つだけ確かなことがある。

——この人……ソラのことを知っているんだ……

だとすれば、自分が克樹の本物の母親ではないと今後見抜かれる可能性がある。思い至った結論に、海音の全身が総毛立った。

「心配しないでくださいね。まさか空音さんが出産していたとは考えもしませんでしたが、克樹君は沢渡家の子ですもの。最大限、私もできるお手伝いをします。頼っていただいて、大丈夫ですよ」

心強いはずの言葉が、右の耳から左の耳に抜けていく。

海音は、咄嗟に口の端が震えるのを抑えることしかできなかった。驚愕の表情を浮かべまいとした顔は、奇妙に歪んだかもしれない。

——私の知らないソラを記憶している人……ひょっとして、克哉さんと破局してソラがシングルマザーを選んだ理由も……?

可能ならば、教えてほしい。

いつか克樹が真実を知り疑問を持った時に、語ってあげられる。両親について知る権利が克樹にはあると思った。

だが『空音』であるはずの海音が問い質すことはできるはずがない。

それらは全て、当事者なら知っていて当然のこと。『何故』なんて口にすれば、自分が偽物であるとばらすのも同然だった。

——今の日菜子さんの言い方だと、二人の接点が途切れた時点では、ソラの出産を知らなかったということ？　そして沢渡の人たちには、交流があることを伏せていた……？

いくら考えても答えが見つからない『どうして』が頭の中で鳴り響く。全て知るのは、日菜子だけ。姉は既に鬼籍に入ってしまった。

「でも驚きました。また空音さんとこうして話す機会が得られるなんて……五年前は考えもしませんでしたもの。克哉の最期は、幸いにも穏やかなものでしたよ」

「そう……ですか」

かつての姉がどんな風に日菜子に接していたのか分からず、当たり障りのない返事をした。これ以上話すのは危険だと、頭の中で警鐘が鳴る。

疑念を抱かれる前に距離を取った方がいい。

ただ問題は、彼女が何をどこまで知っているのかがまるで不明な点だった。

——私にとって幸いなのは、沢渡さんが私に敵意を持っていないこと……？

味方だとか頼れという台詞には、協力的な響きがある。ならば、ボロを出さないよう細心の注意を払えば、心強い存在かもしれなかった。

「東野さん、克樹はしばらく両親とプレゼントの開封に夢中でしょうから、よかったら兄の昔の写真でもお見せしましょうか」

「え……っ、は、はい」

申し訳ないが、空音ではない海音にとって克哉の昔の写真はあまり興味がなかった。だが日菜子との会話を終わりにできるのは魅力的だ。

海音は飛びつく勢いで、彰悟の話に乗った。

「珍しく気が利くのね、彰悟。貴方が人に気遣うなんて初めて見たわ」

「日菜子、僕だって兄さんの恋人だった人には礼儀を尽くすよ。まして可愛い甥を産んでくれた人だ。今まで何も手助けできなかった分、気を配るのは当然だろう」

「大人になったじゃない」

「……揶揄う暇があるなら、克樹と遊んでやってくれ」

いかにも気心の知れたやり取りを交わし、日菜子は克樹や祖父母のもとへ移動していった。残されたのは、海音と彰悟。

彼は海音を椅子に座らせると、分厚いものをテーブルに置いた。

「では、これを」

渡されたのは一冊のアルバム。すぐに手渡されたということは、事前に準備しておいてくれたのかもしれない。

ズシリとした重みと、重厚な表紙、可愛らしくデザインされた作りに、とても大事なものであるのが伝わってくる。

きっと、克哉の両親が丁寧に作ったものだろう。息子への惜しみない愛情がたっぷりと込められていた。

「かなり小さな頃のものです。もっと成長してからが見たければ、持ってきます」

「い、いいえ、これで充分です」

そこまで興味を持っていなかった海音は、ページを捲った途端、前のめりになった。

収められた写真の数々は、ものによっては克樹と見紛うものもある。父と息子は、血の繋がりを否定できないほど瓜二つだった。

「可愛い……」

笑い方も泣き顔も、仕草も全部、よく似ている。

三輪車に乗ってはしゃぐ姿など、まるで克樹本人だ。懐かしく感じるのに、別人だという事実が嘘のよう。ほんのり古めかしさを感じる画質も、気にはならなかった。

「よく似ていますよね、兄と克樹は……僕も初めてあの子に会った時、自分の目が信じられませんでした」

「ええ……あ、これは沢渡さんですか?」

「ええ、僕です」

何枚かページを捲った先に、もう一人赤子が増えた。まだ生まれたばかりと思しいのに、既に整った顔立ちなのがすごい。

兄弟が並んで写った写真は、天使だと言われても違和感がなかった。

——美形一家なのね。親御さんもお綺麗だし……

写真館で撮影された家族モデルのような写真の数々には、思わず唸りたくなる。海音が見入っていると。

「あの、東野さん。我が家は全員沢渡なので、名字で呼ばれると混乱します。だからこれからは下の名前で呼んでいただけませんか」

「……ぇっ」

「日菜子も沢渡ですし、親類はほとんどがこの姓なんですよ。この先彼らに関わる機会もあると思うので、区別するために下の名前で呼んでいただけたら、助かります」

「ですが……」

男性を名前で呼んだことがない海音にはハードルが高い。迷っていると、彰悟が軽く顔を背けた。

「父や母を『お義父さんお義母さん』とは言い難いでしょう? 勿論、こちらはそう呼んでいただいて構わないのですが、東野さんには抵抗がありませんか? それなら全員下の名前で呼んでは如何でしょう」

髪でほとんど隠れた彼の耳が、ほんのり赤く色づいて見えるのは気のせいだろうか。

突然の提案に戸惑っていた海音は、あまり他のことに気が回らなくなった。

「そ、それなら克樹に倣って『おじさん』では……」

「甥に叔父さんと呼ばれるのは平気ですが、妙齢の女性に言われるのはやや抵抗があります」

確かに海音だって、彰悟から『おばさん』と呼ばれればあまり気分がよろしくない。そういう意味ではないと分かっていても、微妙なお年頃なのだ。

「どうしても気になるなら、僕も東野さんを『空音さん』と呼ぶのはどうですか？」

「それは……っ」

別の理由でも躊躇われる。

姉の名前で呼ばれた際に咄嗟に反応できるか、自信がなかった。それにそこまで彼女の居場所を盗みたくない。もうのっぴきならないところまで分け入っているのだとしても、だ。

そんな思いで、海音は緩く首を左右に振った。

「分かりました。彰悟さんとお呼びします。ですが……私のことは東野さんのままで結構です」

「……そうですか……」

心なしか肩を落とした彼は声に張りがない。けれど背けていた顔をこちらに向けた時には、いつも通り限りなく無表情に近かった。

「では、呼び方の件はそのように」

「はい。よろしくお願いします」

どこか堅苦しいやり取りで、呼び名問題は終結した。

彰悟が元気をなくしているように見えたものの、残念ながら海音にそれを気に留める余裕はない。それより、問題なのは日菜子のことだ。

——あの女性とは、この先もやんわりと距離を置こう。そうしないとちょっとしたことで疑問を持たれかねない。

姉と彼女がどんな付き合いだったのか不明なままでは、探りを入れるのも危険過ぎた。

日菜子が持っている情報は喉から手が出るほど欲しいけれど、迂闊に近づかないのが得策だ。自分さえ気を付けていれば、必要以上に気を揉む必要はあるまい。

そう半ば無理やり自身を納得させ、海音は心を落ち着かせようとした。気持ちを切り替えるつもりで、改めてアルバムの写真に見入る。

その時、海音の鞄の中から携帯電話の着信音が鳴り響いた。

「あ……」

「どうぞ、出てください」

バイブにするのを忘れていたことに海音が焦れば、彰悟が気分を害した様子もなく鞄ごとこちらに渡してくれた。

ペコリと頭を下げ、鳴り続ける携帯電話を取り出す。

——何だろう？　職場からか、保育園の連絡網かな？

海音が画面に目をやれば、表示されているのは、『大家さん』だった。

——アパートの大家さんから？　珍しいな……今月分はもう支払ったのに？

「はい、東野です」

『ああ、よかった、繋がった。貴女は無事なのね？　克樹君は？　今どこにいるの？』

『え？』

電話に出た瞬間捲し立てられて、海音は啞然とした。相手は間違いなく、自分たちが住まわせてもらっているアパートの大家だ。

けれどこんなに動揺した声を聞くのは、初めてだった。

「あ、あの、今は出先で……克樹ならここにいますけど……何かありましたか？」

『外出中だったんだね。それならよかった。いや、ちっともよくはないけど、一安心だ』

「……？」

話が見えず、海音は電話を耳に押し当てたまま首を傾げた。

「いったいどうされたんですか？」

『東野さん、今ニュースは見られる？　落ち着いて聞いてほしいんだけど……』

「ニュースですか……？」

漏れ聞こえる会話の欠片と、尋常ではない雰囲気が伝わったのか、海音の視界の端で彰悟が自身の端末を弄る様子が見えた。

『実はね……アパートの裏山が崩れて、土砂災害に遭ったんだよ』

「え……っ？」

『東野さんたちが今いるところの雨は大丈夫かい？　こっちはますます大荒れで、そりゃ大騒ぎさ』

「わ、私たちは県外にいて……」

大家に応えながらも、海音の頭は真っ白だった。

——土砂崩れ……？　アパートが？　他の住人は無事なの……？

『ああ、だったら急いで戻らない方がいい。せめて雨が止むまでは避難していなさい。どうせ今戻っても、できることは何もないしね……アパートは完全に土砂の下敷きだ。だけど入居者に被害がなくて私はホッとしているよ。安否確認は東野さんが最後だ』

人的被害が出なかったことで、大家は心底安堵しているらしい。しかし、海音の心境は台風並みに荒れていた。

犠牲者が出なかったことは喜ばしいが、もうあのアパートには住めないだろう。

仮に建て替えとなれば、以前のような格安賃料にはならないはずだ。海音に新築アパートを契約できる財力はない。引っ越すにしても、家財道具は絶望的。これまでと同条件の部屋が簡単に見つかるとは楽観視できない。そもそも今日からどこに住めばいいのか。

命が無事だったことを感謝すべきだと分かっていても——強い絶望感に襲われた。

——そんな……私たち、これからどうすればいいの……？

もしいつも通り部屋にいれば大変なことになっていたのは明らかだった。自分だけでなく、克樹も無傷では済まなかっただろう。

そう考えれば、今日こうして五体満足のままいられることは、奇跡に等しい。

しかし帰る場所がなくなった衝撃に、海音は呆然自失してしまった。いつ通話が切れたのかも覚えていない。

——まずは職場に連絡……？　いやその前に保育園……え、行政？　何から手をつければいいの……

初めての事態に直面し、上手く頭が働かない。

携帯電話をテーブルに取り落とし、その音にビクッと身体を強張らせた。

「東野さん、もしかしてこのアパート……」

彰悟が自らの端末を操作し、ニュース速報を表示させていた。海音が呆然とした眼差しを画面に向けると、そこには裏山が崩れ、見事に埋まった建物が映し出されている。
変わり果てた光景ではあっても、一目で自分たちが住むアパートだと分かった。

「……うち、ですね……」

何と答えればいいのか思い浮かばず、それだけ言うのが精一杯だ。

この目で映像を見ても、現実感はない。夢であってくれたらいいのにと間の抜けた思いが、海音の頭を占めていた。

「雨……昨日からすごかったので……でも今まで住んでいて、こんなことは一度も……」

なかったからと言って、これから先も安全だとは限らない。そんな当たり前のことを、自分は失念していたらしい。

海音と彰悟の深刻そうな空気に気づいたらしく、克樹がこちらに視線を向けてくる。不安を滲ませた甥っ子に笑いかけてあげたいけれど、残念ながら海音にはその程度の余裕もなかった。

――明日からどうやって生活したらいいの……？

財産と呼べるほどのものはないが、あの部屋には思い出が詰まっている。生きていくには欠かせないもの。

――それにソラが残したものも――

「わ、私……すぐに戻らないと……っ」

「今取って返しても、規制線が張られて中には入れないと思いますよ」

「だけど……っ」

自分でも、馬鹿なことを言っているのは理解している。大家だって、急いで戻らず雨が止むまで避難していろと助言してくれた。それでも、じっとしていられない。

部屋の中には空音の位牌だってあったのだ。いつか克樹が大きくなった時に渡すつもりだった形見だって。

金銭的価値が乏しくても、替えがきかない宝物。

それらが土砂の下にあると思えば、絶大な焦燥に駆られた。

「何があったんだ、彰悟」

「それが父さん……これを見てください。……東野さん親子の住んでいるアパートです」

「……これは……っ」

彰悟が差し出した画面に目をやり、勝が絶句した。隣では美佐子が両手で口を覆っている。二人とも大きく目を見開き、唖然としていた。

「大変なことになっていますね……」

ニュースサイトを確認し蒼白になった日菜子が、よろめいた美佐子を慌てて支えた。

「おばさま、とりあえず座ってください。お水を持ってきましょうか？」

「あ、ありがとう……そうしてもらえる？　ああ、何てことなの……東野さん、気をしっかり持ってね」

「は、い……」

「情報がほしいですね。おじさま、テレビをつけますよ」

未だ衝撃から立ち直れない海音は、てきぱきと動く日菜子に感嘆した。

何てしっかりとした頼りになる女性なのか。その姿を見ていると、自分も呆然としている場合ではないと思い至った。

——そうよ……私は克樹の『母親』なんだから……しっかりしなくちゃ！

「ママぁ……」

「こっちにおいで、克樹」

今にも泣きだしそうに顔を歪めた甥に両手を伸ばす。すると克樹が海音の胸の中に飛び込んできた。

「ぼくのおうち、なくなっちゃったの？」

「うん……でも克樹が無事だったから、本当によかった……」

声に出して、海音は本気でそう思えた。

明日からの生活には不安しかなくても、やはり一番大事なものが無傷で腕の中にいてくれるなら、それ以上の幸福はない。

今は互いの無事を喜ぼう。絶望するのは後回し。海音の内側で暴れていた憂慮が『この子さえいれば、後はどうとでもなる』という声に打ち消された。

「ぼくも……ママがいなくなくてよかった……」

「克樹を置いて、どこにも行かないよ」

愛しい温もりをギュッと抱きしめて、覚悟が固まる。

やっと頭が回り始め、役所や保険会社へ色々申請しなければならないなと考えた。

――仕事はしばらく休ませてもらって……誰かに克樹を預かってもらえるよう交渉しなくちゃ……

まずは今夜泊まる場所を確保しなくては。

そんなことを海音が考えていると、彰悟が泣きじゃくる克樹の頭を撫でてきた。

「東野さん、今夜はうちに泊まってください。部屋はいくつも空いています。僕も、今日はマンションに帰らず実家に泊まりますので、安心してください」

「……え？　い、いいえ。そんなご迷惑をおかけするわけには」

彼に頼るという発想がなかった海音は唖然とした。

「今戻っても、現場は混乱しています。落ち着いて休むべきだと思いませんか。克樹も動揺していますし、せめて一晩だけでも安全な場所へ身を寄せてください。両親の家では気苦労もあるでしょうから、僕も滞在します」

「でも……」

確かに彰悟の言うことには一理ある。無理に地元へ飛んで帰っても、災害現場で海音は役立たずの邪魔者でしかない。

しかも本日初対面の克樹の祖父母の家に二人ご厄介になるなら、彰悟がいてくれた方が気まずさは少ない気もした。

そんなことを感じた自分に驚きつつ、言葉に詰まる。

海音が答えに窮していると、涙をこぼしていた克樹が彰悟を振り返った。

「おじさんが、ママを守ってくれる……？」

「克樹、何を言って……」

「ああ、勿論。お祖父ちゃんとお祖母ちゃんもいる。全員でママと克樹を守るよ」

直接彰悟が海音に触れてくることはないのに、何故か抱きしめられた心地がした。

克樹を胸に抱いたその上から、大きな男性に包み込まれる安心感。

そんな体験、海音は一度もしたことがないにも拘わらず、どうしてかはっきり思い描ける。

妄想でしかないその感覚が、海音を励ましてくれたのが不思議だった。

「何も心配ない。克樹はママと美味しいものを食べて、温かいベッドで眠りなさい。嫌なことなんて全部叔父さんが片付けてあげるから」

「本当……？　ママ、悲しまない……？」

「克樹は優しいな。ママのことを一番心配しているんだね」

「だってぼくの大好きなママだもん！」

小さな手が海音にしがみ付いてくる。胸が締めつけられて、溢れそうになる涙を必死に堪えた。

「克樹……」

「東野さん、彰悟の言う通り、今晩は泊まっていきなさい。私たちも今の貴女と克樹を二人だけにするのは心配よ。あちらの天候が回復したら、彰悟も一緒に向かわせるわ」

「ああ、それがいい。色々物入りになるだろうし……こういう場合に必要なものは私が揃えよう」

「そんなに気を遣っていただくわけには――」

一晩宿泊させてもらえるだけでもありがたい。甘えることに慣れていない海音が断るべきか悩んでいると。

「克樹は息子の大事な忘れ形見だ。今まで何もしてやれなかった分、どうかこんな時くらい頼ってほしい」

「そうよ、東野さん。これくらい当然だと思っていいのよ」

真摯に告げられ、心がぐらついた。

生まれた時から今まで、海音は他人にここまで親身になってもらえたことはない。親切な人は大勢いたが、もっと近い距離まで迎え入れられた気がした。

まるで家族。他人ではない特別な関係。

ずっと渇望していたものに触れられた感覚が、海音の胸を熱くした。

「ママ……おうちがなくなっちゃったんなら、ぼくはお祖父ちゃんとお祖母ちゃんのところがいい」

「あなた方がここにいてくれれば、僕らも安心できます。ですがどうしても東野さんが嫌なら、ホテルを手配します」

「――……いいえ……嫌ではありません。ご面倒をおかけしますが……お世話になってもいいですか」

海音が声を絞り出すと、祖父母の顔が綻び、明らかに肩から力を抜いた。

「面倒ではないし、世話をかけるだなんて考えないで！　すぐに客間を準備するわね」

「ああ、欲しいものがあれば、何でも言ってくれ」

だが誰よりも瞳を輝かせたのは、彰悟だったかもしれない。

彼はゆっくり息を吐き出して、柔らかく微笑んでくれた。

「……ありがとうございます。色々必要なものもあるでしょうし、これから買いに行きましょう」

「それがいいわ。おじさま、おばさま、彰悟だけじゃ心配だし、私も同行するので任せてくださいｰ」

着替えも何も持っていない海音は、その提案にありがたく頷いた。

この決定がどんな結末を呼ぶのか、まだ自分には分からない。事態が好転するのかどうかも。

もしかしたら、海音が望まない展開に繋がる恐れだってある。一晩孫と過ごせば、祖父母はますます克樹を傍に置きたいと願うようになるはずだ。

その後は手元に引き取らせてくれと言われる可能性が高かった。だとしても——

——今日、独りでなくてよかったと、私は心底感じている……。

もし、アパートにいて土砂崩れに見舞われていたら。

命が助かったとしても、海音一人では何も考えられなかった。ショックでしばらくは使い物にならず、克樹のフォローもできなかったのでは。姉を亡くした直後のように、呆然と座り込み克樹を更なる不安に陥れたかもしれなかった。

けれど現実には支えてくれる人がいる。自分たちを案じ、手を差し伸べてくれる人たちが。それがどれだけ心強かったことか。

——私……彰悟さんに『守る』と言ってもらえて、とても嬉しかった。

トクンと胸の奥が小さな音を立てる。

それは次第に存在感を増してゆく。無視できないほど、激しい鼓動へと変わる予感があった。だが同時に、絶対に育ててはいけないものだとも、海音には分かっていた。

親切にしてもらえるのは、ここが空音の居場所だから。偽物の自分が享受していいものではない。克樹の母親だと皆を騙しているからこそ、笑顔を向けてもらえるのを海音は決して忘れてはいけなかった。

――まだ……あと少しだけ……このままで――

罪悪感を無理やり押し込める。

岸辺の見えない濁流の中、海音は溺れないよう懸命に息を吸った。

3　新しい生活

大雨による土砂崩れの日からひと月。

諸々の手続きや後始末のために一度地元へ戻ったが、結局海音と克樹は県外へ引っ越すこととなった。

仕事は退職、保育園も転園である。

この結論に至ったのはやはり、海音の収入に見合うだけの住居を見つけられなかったことが大きい。

立地を優先すれば賃料が上がるし、安さだけを求めれば以前よりもっとセキュリティ面や設備で妥協を強いられる。

自分だけならまだしも、子どもを抱えていれば譲れない点が多々あった。

そこで困り果てている時に、彰悟から『こっちに出てきてはどうか』と告げられたのだ。

初めは、地元を出たことがない海音には考えたこともない選択で、断った。都会は怖いところという刷り込まれた忌避感を捨て去るのは難しい。けれどよくよく考えればそれが一番いいとも思い直した。

海音の新しい仕事ならば紹介するし、何か困ったことがあれば近くにいる場合手助けができる上、引っ越し費用と家賃に関しては、慰謝料と四年間の養育費だと思って受け取ってほしいと勝から懇願されては、断り切れなかった。

最後は美佐子に泣き落としの勢いで迫られ、頷く形になったのだ。

――でも、こんなに綺麗で広いマンション……私には持て余してしまう……

住処を探すにあたり、即沢渡家に来いと言われなかったことはありがたい。

海音の困窮につけ込んで、克樹を奪うことだってできたはずだ。けれど二人はそんな素振りを一切見せず、至極気を遣いながらマンションの一室を用意してくれた。

母子が気兼ねなく暮らせるようにと、沢渡邸からも適度に距離がある。

その点も、海音には感謝しかなかった。

近くにある歩いて通える保育園に克樹は入園が決まったし、そこからさほど離れていないカフェが海音の新しい職場だ。待遇は正社員。この点もありがたい。

それに、これからは養育費も月々支払ってくれるらしい。

つまり日々の生活費だけなら、海音の収入で問題なく賄えそうだった。

――正直とてもありがたい……――でも、あまりにも全部が私の希望通りになって、逆に怖くもある……

克樹と引き離されることなく、生活の援助をしてもらえるなんて。

しかも予想していたよりずっと手厚い援助だ。

甘えては駄目だと己を戒めても、祖父母に懐いてゆく克樹を見ていると、海音は複雑な心地がした。克樹を利用し、周囲を騙し搾取している後ろめたさが拭えない。

ただし、全て克樹が本来なら受けるべき恩恵をこれまで受けられなかっただけとも言えた。

――あの子のために強かになるって決めたじゃない。私の罪悪感なんて、どうだっていいのよ。そんなものに押し潰されるくらいなら、初めから嘘を吐くべきじゃなかった。現状だけ見れば、最高の状態でしょう？　余計なことを考えちゃ駄目。

得しかないと己に言い聞かせ、死に物狂いで自身を鼓舞した。全ては海音の理想に添っている。ただ一つだけ問題があるとすれば――

「空音さん、これはここに置いていいかな」

引っ越し業者が帰り、細々とした片付けを手伝ってくれている彰悟から声をかけられ、海音は大仰に肩を揺らした。

このマンションの上の階には、彼も住んでいるのだ。だから安心だねと言われたが、聞いた当初は驚愕してしまった。

――しかもいつの間にか名前呼びになっているし……

土砂崩れの後始末や方々への手続き、引っ越しの手配などで頼っている間に、彰悟との距離が近づいたのは間違いない。交渉の面倒や手続きの煩雑さを軽減してくれた彼には、どんなに感謝しても、し足りなかった。

年若い女一人だと、どうしても舐められがちだ。知識が乏しい海音一人だったら、色々損をする破目になったと思う。そんな時に彰悟の助言はとても役に立ったし、色々な場に同席してくれたことも心強かった。

それこそ、隣にいてくれただけでも、どれだけ励まされたことか。

姉が急逝して以来、誰かと支え合ったり、誰かに寄りかかったりすることなど忘れていた。とにかく頑張って世間の荒波から克樹を守ることしか考えておらず、ずっと自分のことは後回しだったと思う。

だから、さりげなく背中を守ってくれる人の出現は、筆舌に尽くし難いほどありがたかった。共に戦ってくれる人がいるという事実だけで救われる。

痛みや苦労を共有できる存在の尊さを、久方ぶりに思い出した。

張り巡らせていた海音の警戒心が解けるのも当然で、そしてふと気づいた時にはもう、彰悟の呼び方はごく自然に『空音さん』へと変わっていた。

——心を許してくれているようで、嫌ではない。でも……やっぱりソラの居場所を盗んでいる気がして、呼びかけられる度に苦しくなる。

「あの……彰悟さん、名前のことなんですが……どうせなら『カイ』と呼んでもらえませんか」

「カイ？」

「はい。……あだ名なんです。親しい友人はだいたいそう呼ぶので……」

半分本当で、半分嘘だ。

海音を『カイ』と呼んでいたのは、空音だけ。姉妹は互いを『ソラ』『カイ』と呼び合っていた。他の誰にもその特別な愛称を許したことはない。

けれど彰悟になら、構わないと思えた。

「空の対になるのは海だねなんて、言葉遊びで生まれたあだ名なんです」

適当な言い訳を彰悟が信じてくれるかどうか不安だったが、幸いにも彼は疑問を感じなかったらしい。むしろどこか嬉しそうに、大きく頷いてくれた。

「そう。分かりました。じゃあこれからはカイと呼ばせてもらいます」

「それと……彰悟さんの方が年上ですし、私に敬語を使ってくださらなくて構いませんよ。

——日菜子さんにはもっと砕けた話し方をされていましたよね？」

現在二十七歳の海音に対し、彼は二つ年上の二十九歳。日菜子と彰悟は同じ年らしい。

両親には丁寧に喋っていたが、普段の彼の口調は日菜子と話している時のものだと感じた。それなら、海音にも同じで構わない。年上のかっちりした男性に敬語で話されるのは、実は落ち着かなかったのだ。

「でしたら、カイも――」

「あ、私はこの喋り方が楽なので、このままで大丈夫です」

逆に普通に話せと言われた方が挙動不審になりそうだった。

「――残念だな」

苦笑した彰悟が別の段ボール箱を開封する。これまで海音たちが使っていた家具や服などは土砂に埋まってしまったため、全て買い直している。

このひと月はホテルを仮住まいにしていたので、引っ越しに合わせて家財道具を新たに納品してもらった。故に、引っ越し荷物自体は非常に少ない。

「あ……それは私が片付けるので預かります」

どれもこれも買い揃えたばかりで思い入れはない。それでも唯一、海音が大事に抱えて持ってきた荷物があった。

それは、奇跡的に見つけられた空音の遺品だ。位牌と、彼女が愛用していた髪飾り。

大半のものを共有していた姉妹だが、何故か姉はたった一つの髪飾りだけは妹に使わせなかった。身重の身体で地元に帰ってきた時からとても大事にし、事故に遭った際も身に着けていたのだ。

――とにかくこれだけでも取り戻せて本当によかった……ハナミズキのデザインなんて、変わっているもの。

この二つはいずれ克樹に譲るのだ。

そう胸中で独り言ち、海音はそれらを箱に収めたままクローゼットの奥にしまった。

――彰悟さんが帰ったら、位牌の置き場所を考えよう。こういう近代的でおしゃれな部屋だと、どこに置けばいいか悩んじゃうな……今後も彼が部屋に来ることがあるなら、あまり目立つところは避けたいし……

階が別でも、同じマンション内に住んでいるなら、頻繁に行き来があってもおかしくはない。以前よりももっと彰悟と関わる機会は増えるに決まっていた。

だがそれについては覚悟を決めている。リスクを恐れていては、克樹により良い環境を与えてやれない。海音は腹を括ると決めたのだ。

「大方片付いたな。それじゃ克樹を迎えに行こうか」

こちらから砕けた話し方をしてほしいと言ったのに、いざ口調を改められるとドキリとする。

海音自身は仮に同じことを言われても器用に切り替えられるタイプではないので、彰悟がすぐ距離感を縮めてきたことに少なからず驚いた。

「は、はい、そうですね」

今日は克樹を沢渡の家に預けていた。

本人は『引っ越しを手伝う』と張り切っていたが、幼子にいられても危険だと判断し、美佐子に預かってもらったのだ。

「今日は手伝ってくださり、ありがとうございました。私一人だと、色々分からないこともあったので……とても助かりました」

初めは彰悟を部屋へ上げることに躊躇いがあったけれど、全部一人で一から十までこなすのは無理があった。配線など、海音は苦手だ。それに重い荷物を運ぶのも手こずる。今は彼が来てくれてよかったと本心から思っていた。

「カイの役に立てたなら、よかった」

感情の起伏をあまり感じさせない返事をしつつも、彰悟の耳が赤く染まっている。

どうやら彼は相当恥ずかしがり屋かつ、自制心が強い方らしい。照れている様子はじっくり観察しないとほぼ分からない。

それでも冷徹なだけの人ではないと、海音には段々分かってきた。

――ぶっきらぼうになるのは、照れているからなんだよね……言葉足らずで誤解されるけど……

あまり女性慣れもしていないのかな、などと自分のことは棚に上げて推測する。海音自身、男性との交流など限りなくゼロに等しいのに、不器用な彰悟を可愛いと思ってしまった。

「実家への道すがら、買い物に便利な店や子どもと遊べる場所などを説明しよう」

「ありがとうございます」

店はともかく子どもと遊べる場所に関して、独身の彼がこれまで詳しかったとは思えない。つまり海音と克樹が越してくるにあたり、事前に調べてくれた可能性が高かった。

――甥である克樹のために、きっとリサーチしてくれたのね。……優しい人なんだな。

胸の奥がほっこりと温かくなる。その熱には他の意味も含まれている予感があったが、海音はあえて目を逸らした。

「何か困ったことがあれば、いつでも気軽に声をかけてくれ。……同じマンションに住んでいるし、カイからの連絡は最優先で対応する」

「仕事がお忙しい彰悟さんに、これ以上迷惑はかけないよう心掛けます」

いくら近くに住んでいて頼りになる相手でも、寄りかかり過ぎは厳禁だ。

しかも自分は『偽物』だと忘れてはならない。いつでも強く己を戒めておかないと諸々勘違いしてしまいそうで、海音は笑顔で首を横に振った。

「……君は、僕が知っている女性たちとは、全く違うんだな……」

「え?」

小声で呟かれた言葉をうまく聞き取れなくて問い返したが、彰悟は目を細めただけで、それ以上は何も言ってこなかった。

ほんの少しだけ、妙な空気になった気がする。共に引っ越し作業に勤しんで、克樹がいない二人きりの空間にも慣れてきた気がしていたが、思い過ごしだったのか。

今はほんのりと、沈黙が息苦しい。海音が会話のとっかかりを模索していると。

「――そうだ。次の休日に、克樹を連れてどこかへ遊びに行かないか？」

静寂を破ったのは、彰悟の方。

だが全く想定していなかった内容に、海音は即反応できなかった。

「遊び……？」

「動物園や遊園地……大きな公園や体験ができる施設もいいかな。克樹が興味を持っているのは乗り物だっけ？　それなら、電車に乗るのも悪くないかもしれない」

「え……でも、彰悟さんはお忙しいのでは……」

遠慮しつつ、海音は強く心惹かれた。

今までは時間も資金も余裕がなくて、克樹を連れて遠出したことなどない。テーマパークは金がかかり、地元の地方都市では都会と比べ小さな子が安全に楽しめる施設が少なかった。その分自然が豊富でも、海音の方に遊びに付き合ってやれる暇がなかったのだ。

――克樹、きっと喜ぶよね……特急電車を眺めるだけで、歓声を上げる子だもの。

「休日はある。カイの休みと合わせることも、問題ない。有給は大半が残っているし、長年使う発想がなかったから」

言外に、克樹と海音のために使うと言われている気がして、落ち着かなくなった。

だが彼はそういう意図で口にしたのではないだろう。

少しも照れた様子はなく、玄関に向かっていった。

「どうかな？　――克樹も楽しめると思うし、少しでも早くこちらの生活に慣れてほしいと思っているんだが」

「あ、はい。是非お願いしたいです」

海音としても同感だ。克樹には『引っ越してよかった』と感じてもらいたい。ただでさえ住み慣れた場所をなくし、仲の良かった友人と離れたストレスもあるはず。

ならば少しでも新たな楽しい思い出で、辛い記憶を塗り替えたかった。

「そうか。だったら詳しいことは後で連絡する」

「分かりました。よろしくお願いいたします」

「何か希望があれば、カイからも連絡してくれ。いつでも待っている」

「はい……克樹は変わった乗り物や、パズルなんかも好きです。それから小動物は平気ですが、自分よりも大きな動物は怖がりますかね……」

行き先を選ぶのに余計な手間をかけさせないよう、海音は事前に克樹の嗜好について彰悟へ伝えた。その方が、彼の負担にならないと考えたのだが。

「……そういうことも、メールや電話で構わないのに——」

「あ、その方がよかったですか？」

「……いや、何でもない。こっちの話だ……」

むっつりと前を向いたままこぼす彰悟からは『これ以上話しかけるなオーラ』が発されている。不機嫌ともやや違う空気に、海音は口を噤むしかなかった。

結果、互いに無言のまま沢渡家へ向かうこととなり、道中は気まずい。

——せっかく彰悟さんが克樹を遊びに連れて行くと言ってくれたけど……私、何かしてしまった……？　もし約束が流れたら、とても残念だな……

口下手同士、沈黙を持て余した。

しかし律儀にも約束は有効だったようで、モヤモヤした気分で迎えた十日後。

彼から室内型テーマパークへ誘われた時には、海音は心からホッとした。そしてもしかしたら克樹以上にワクワクしたかもしれない。

予定日をカレンダーに登録し、数日前から楽しみで仕方なかった。

甥っ子の手前、普段通りを意識していたものの、上機嫌だったのは否めない。克樹からも『ママ、とっても楽しそうだね。何かいいことがあった？』と言われてしまったほどだ。

——お出かけなんて、私も久し振りだから……そのせいだよね……？

前夜あまり眠れなかったなんて、誰にも言えない。

いつになく念入りに化粧水を叩きこんで、海音は身支度を整えた。

天気は快晴。行き先は屋内施設でも、青空が広がっているのは嬉しい。

克樹には汚れてもいいが小綺麗な服を着せ、海音は彰悟の迎えを待った。

約束の時間ピッタリに鳴ったチャイムの音で、張り裂けんばかりに胸が高鳴ったのは言うまでもない。

「おじさん、来た！」

以前よりも敵対心が薄らいだ克樹が、玄関に向かい走ってゆく。その小さな後姿から、甥っ子も本日の外出を楽しみにしているのが伝わってきた。

——克樹ったら……何でもない風を装って、実はとってもウキウキしていたのね。

微笑ましさを嚙み締めて、海音も玄関へ足を運ぶ。扉を開ければそこには、とてもカジュアルな格好をした彰悟が立っていた。

スーツ姿や、実家で出迎えてくれた時とも違う。

若々しい普段着に、軽快なスニーカー。格好が変わっただけで、随分年若く感じられる。

初めて目にする彼のジーンズ姿は、彰悟の脚の長さを殊更強調していた。

——ここまでさりげない格好は見たことがない……何だか、とってもプライベート感がある……

それが気恥ずかしさと心やすさを海音に抱かせた。

「……お待たせ。行こうか。荷物は僕が持つから」

さっと鞄を取られ、彼に見惚れていた海音は我に返った。いや正確には「ママ、早く！」と克樹に急かされ正気を取り戻した形だ。

——私ってば、ぼうっとして……

今日の外出は克樹のため。それなのに、自分の方が浮かれている。そんな己のままならなさを、どう処理すればいいのか持て余していた。

——だって……まるで、『家族』みたい。

両親と、一人息子。

だが実際は、海音も彰悟も克樹の親ではない。その事実を全て知っているのは、自分だけ。ひどく歪な——それでいて血の繋がりが皆無でもない関係性。危うい地盤に成り立った幻も同然だった。

けれどだとしても——

——今日だけは、幻想に浸っていたい。

ここにいる三人は、どこにでもいるごく一般的な家族。珍しくないし、目立つこともない。海音が得られず、克樹も今まで手にできなかった『形』を味わいたかった。

拭い去れない罪悪感を凌ぐのは、束の間の幸福感。

海音は様々な悩みをひとまず手放し、今日は存分に楽しもうと決めた。

目的地に到着したのは開園直後。

小さなブロックを組み合わせて遊ぶ玩具に、克樹は早速目を輝かせた。あっという間に熱中し、真剣な面持ちで何かを作り始める。

その様子はさながら職人のようで、声をかける隙もない。

仕方なく海音と彰悟は傍で克樹を見守ることにした。

「……今日はありがとうございます。克樹、とっても楽しそうで私も嬉しいです」

「他にも見学やアトラクションなどがあるみたいだから、回ってみよう。ジオラマなんかも喜ぶかな」

「勿論！　全部克樹が好きそうです」

見事に克樹のツボを押さえていると思う。

――たぶんあの子のために色々考えてくれたのね。――良い人だな。

突然現れた甥っ子に戸惑うことも多いだろうに、真剣に向き合おうとしてくれているのがありがたい。

彰悟の冷ややかな無表情に慣れてきた海音は、彼の感情の機微にも気づけるようになっていた。強引さもぶっきらぼうなのも言葉足らずなのも相変わらずだが、それは彰悟が冷淡な人間だからではない。

内心では色々考えてくれているのでは。そんな気配が、ふとした瞬間に感じられた。

──ほら今だって……

とても優しい眼差しを克樹に注いでいる。

周囲の家族連れを見回すと、自分の子どもではなく、疲れた顔で明後日の方向を見ている親や、携帯電話を弄っている保護者も少なくない。

勿論親だって一瞬気を抜くこともあれば、我が子から目を離すことだってあるので、彼らを責めるつもりは毛頭なかった。

スタッフが大勢いる屋内施設ということで、多少の油断もあるだろう。

だがその中で、慈しみ溢れる視線を克樹に向ける彰悟の存在が、何故か誇らしかった。

甥には愛情を注いでくれる人が自分以外にもいるという事実が心強いのかもしれない。

協力者、もしくは戦友を得た気分だ。一人で抱えていた荷物を共に背負ってくれる人がいてくれると、本当に安心する。

海音はにやけそうになる口元を懸命に引き結んだ。

「──ねぇ、あの人すっごい格好よくない？」

やや離れた場所からの囁きを耳が拾ったのは、そんな時。

すぐさま彰悟のことを噂していると気づいてしまった。しかし言われた当の本人は、克樹を写真に収めることに夢中でちっとも耳に入っていないようだ。

「……わ、本当。物凄い美形……え、芸能人？」

「いや、分からないけど……目立っているよねぇ。もしかして、あそこにいるのがお子さんかな？」

ママ友同士なのか、若い女性たちが楽しげに声を潜めて言葉を交わしていた。

けれど一度注意が向いてしまった海音の耳は、小声でも彼女たちの言葉を拾う。

「きっとそうだよ。そっくりだもん。可愛い」

「将来、イケメンになりそう」

「分かる。うちの娘、早くも面食いだから、同じ幼稚園にいたら確実に夢中になるわ」

微笑ましい会話を耳をダンボにして盗み聞く。

克樹が褒められるのは嬉しい。だが浮かれた海音の気分は、直後に凍りつくこととなった。

「お母さんもきっと美人なんじゃない？」

「だよねぇ。あんな素敵な男性を射止めるくらいだもん。相当美女じゃないと！」

咄嗟に、自分の存在感を消したのは言うまでもない。

同じ顔をしていても、華やかでおしゃれだった空音であれば、こんな時堂々としていられたと思う。だが今克樹の母親としてここにいるのは海音だ。

いくら小綺麗にしても、地味で冴えない自分を顧みると、逃げ隠れしたい気持ちが抑えられない。何となく彼女たちから距離を取りたくて、さりげなく移動した。

——気まずい……

「ママ！」

しかしそんな海音の葛藤を嘲笑うように、克樹が満面の笑みでこちらに手を振ってくる。

周囲の視線が海音に集中したと感じたのは、気のせいではあるまい。

「か、克樹……」

邪気のない笑顔で手を振る我が子を、無視できる親は少ない。海音も、頬が引き攣らないよう気を付けながら、手を振り返した。

「……へぇ、あれがお母さん……」

先ほどの女性たちが興味津々なのが感じられる。

他にも克樹と彰悟を気にしていた人がいたのか、海音は四方八方から見られているのが分かった。

ただの好奇心が大半。だがその中に嫉妬や羨望も入り混じっている。そう感じるのは、海音の被害妄想だけとは言えなかった。

——皆さんの心の声が聞こえてきそう……釣り合わないって——それとも私が母親らしくない……？

いっそ今すぐ逃げ出したい。だが必死に脚を踏ん張る。今日は三人で楽しむと決めたのだ。外野の言葉なんて気にする必要はない。無理にでも己を鼓舞した。

「素敵な家族だね」

「羨ましい。うちの旦那なんて、休日は家でゴロゴロしているだけだよ」

しかし、予期していた言葉とは真逆の声が聞こえてきて、海音の動きが止まった。

先ほどの女性二人が頷き合っているのが視界に入る。

「大もあれくらい積極的に子どもと関わってくれたらねぇ。最近では写真も全部私任せで嫌になっちゃう」

「本当。今日だって、朝起きもしなかったんだよ」

笑いさざめきながら、彼女たちは去っていった。どうやらアトラクションに参加していた子どもを迎えに行くらしい。

——素敵な……家族……

そう見えたのなら、嬉しい。三人でいて、違和感がなかったということだ。しかも『羨ましい』とまで言われ、海音の鼓動が高鳴った。

「克樹、すごく楽しそうだ」

「えっ、あ、はい。そうですね」

写真を何枚も撮りつつ、彰悟が海音の隣に移動してきた。そしていつになく柔らかく微笑む。

「あんなに喜んでもらえるなら、もっと色々なところへ連れていってあげたいな。次はどこに行こうか？」

まだ今日が始まったばかりなのに、もう次の予定を匂わされて、海音はドギマギした。

――でもちっとも嫌じゃない。

この先のことを考えるだけで楽しくて堪らない。約束が増えるのが途轍もなく嬉しかった。

その日から、時間を作り三人であちこち出掛けることが増えた。

特別な場所に行くのではなく、お弁当を用意して大きな公園でのんびり過ごすこともある。海音たちの部屋に彰悟がやってくることもあれば、こちらがお邪魔することも珍しくない。

それがいつしか、『普通』になっていった。

勿論二人とも忙しい身なので、毎日ではない。

だが同じマンションに住んでいれば、ちょっとした用事でも気軽に行き来する機会は訪れる。たとえば、作り過ぎてしまった総菜のお裾分け。克樹が熱を出した時。沢渡の祖父母へ会いに行く際。

何だかんだで顔を合わせることが増え、次第に克樹の態度が軟化して、事あるごとに『おじさんは？』と口にするようになった。彼がいることに慣れたのだろう。

今日は『出張土産』として彰悟が克樹にパズルを買ってきてくれたが、帰りかけた叔父を甥っ子が呼び止めた。

「おじさん、一緒にやらないの？」

これまで克樹は玩具を貰っても、彰悟にやろうと誘いをかけたことは一度もない。

彼が帰った後に、海音といそいそ開封するのが常だったのだ。

それが今回は玄関先で踵を返す彰悟を引き留めて、更には家にあがるのを期待する発言をした。そのことに、大人二人は愕然とした。こんなことは初めてだ。

やや拗ねたように口を尖らせていても、克樹が彰悟に『まだ帰らないで』と言いたげなのは、明らかだった。子どもなりに緊張しているのか、服の裾をギュッと掴んでいる。

彰悟がチラリとこちらを見たので、海音は笑顔で頷いた。

「……一緒に、やろうか」

「……！　うん！　ママが焼いてくれたアップルパイもあるから、一緒に食べよう」

途端に笑顔になった克樹が、彰悟の手を取る。それも、初めてのことだった。

「アップルパイを？　ママが作ってくれたのか？」

「うん。ママは何でも作れるんだよ。お誕生日にはケーキだって焼いてくれる。すっごく美味しいんだ。あとねぇ、クッキーもプリンも上手なんだよ！」

「へぇ……すごいな」

「そんな、材料を混ぜて焼くだけみたいな簡単なものですよ。以前はオーブンがなかったので、ケーキと言ってもパンケーキに飾り付けたもので……」

彰悟の表情からグンッとハードルが上がった気がして、海音は慌てて釘を刺した。

あまり期待されては困る。

このマンションに引っ越してから備え付けのオーブンがあるのが嬉しくて、これまでできなかったものにあれこれチャレンジしてはいるけれど、自慢できる腕前ではない。

おそらく美味しいものを食べ慣れている彰悟には、所詮素人の手作り。物足りないに決まっていた。

「あの、ちょっと焦げてしまいましたし……！」

「是非、食べてみたいな。そういえば、とてもいい匂いがしている」

「さっき出来上がったばっかりだよ。ぼくと一緒におやつを食べよう」

海音が戸惑っている間に、克樹に手を引かれ彰悟はキッチンへ向かってしまった。そうなれば、もうお披露目しないわけにはいかない。

海音は内心頭を抱えながら、彼らの後を追った。

「これを作れるなんて、すごいな。とても美味しそうだ」

「でしょう？　ママはすごいんだ」

得意げに胸を張る克樹の横で、彰悟が食い入るようにアップルパイを見つめている。その光景に多大なる気恥ずかしさを覚え、海音はいっそ穴があったら入りたい心境に襲われた。

「き、切り分けますから、リビングで待っていてください」

追い払う気分で二人をキッチンから移動させ、海音は熱を孕んだ頬に手を当てた。きっと真っ赤になっている。心臓もドキドキして落ち着かない。

彼らの目がないところで深呼吸を繰り返し、どうにか冷静になろうと心がけ、手早くアップルパイを切り分ける。飲み物は、克樹用にはミルク。彰悟にはコーヒーを淹れた。

「どうぞ……」

「いただきます！」

「ありがとう。いただきます」

二人がアップルパイを口に運ぶまで、生きた心地がしなかった。けれどすぐに克樹と彰悟が『美味しい』と口を揃えてくれたので、強張っていた肩から力が抜ける。

海音もようやく落ち着いて、自分の分を口にした。

——よかった……ちょっと焦げた部分もあったけど、不味くはない……たぶん。

「ママの料理、ぼく大好き。一番美味しい」

「確かに、克樹のママは料理上手だ」

「二人とも、褒めてもこれ以上は何も出ませんよ」

暖かな午後のひと時。日差しが心地よく室内を照らす。

気恥ずかしさすら胸を温もらせ、とても心が安らぐのを感じ、海音はこの時間が永遠に続けばいいと願わずにはいられなかった。

「ぼく昨日保育園で絵を描いたんだよ」

「へぇ。何を描いたんだ？」

「克樹はお絵描きが上手なんです。ねぇ、克樹。どんな絵を描いたのか、叔父さんに見せてあげたら？」

「いいよ。持ってきてあげる。特別だよ？」

恩着せがましい克樹の台詞に彰悟が笑う。そんな三人の会話を止めたのは、チャイムの音だった。

この部屋に来客があるのは珍しい。今まで、彰悟以外には沢渡の祖父母だけだ。部外者はエントランスに入ることすら叶わないセキュリティなので、近所に顔見知りがいない海音を訪ねてくる人物に心当たりはなかった。

「誰だろう……？」

疑問に思いつつインターホンを操作する。すると液晶画面に映し出されたのは、日菜子だった。それも階下のエントランスではなく、既にこの部屋の扉の前にいるようだ。

『こんにちは、東野さん。もしかしてこちらに彰悟はいませんか？　今日出張から帰っているはずなのに部屋にはいないし電話も繋がらなくて……』

「え、ぁ、はい。いらっしゃいますが……」

彼女の来訪は初めてなので、動揺せずにはいられない。

しかも頭の片隅で、二人は相手のスケジュールを熟知していて部屋を訪れる関係なのだと考えている自分がいた。

——仲のいい親戚なら、普通なの……？　ううん、どちらにしても私には関係ない……

「日菜子。いきなりどうしたんだ」

『どうもこうもないわよ。おじさまに頼まれて今日中に渡したいものがあるの。それで部屋に行ったのに、いやしないし電話にも出ないんだもの。それでもしやと思ったのよ』

「ああ、携帯は部屋に置いてきたから……」

『全くもう。彰悟ってそういうところがあるのよね、案外とぼけているっていうか……気が利かないいんだから。その調子で東野さんに迷惑をかけていないでしょうね？』

インターホン越しに言い合う二人は気安い関係であるのが傍で見ていてよく分かる。

いくら海音と彰悟の距離が縮んだように思えても、まだこの境地には程遠いと感じた。

チリッと、胸の奥が焦げる。その理由をあまり考えたくはない。海音は二人の会話から意識を切り離そうとした。

「――すまない、突然だけど僕はこれで失礼する」

「え……日菜子さんに中に入ってもらえば……」

「いや、書類を手渡すだけらしいから、そのまま帰ってもらうよ。この後日菜子も用事があるらしい。途中だから引き受けたと言っていた」

ざらつく気持ちの原因が不明で、海音は曖昧に頷くことしかできなかった。

自分が何を不快に感じているのか――そもそもこれが不快感なのかもよく分からない。理解してはいけないものだとどこかで思った。

「そうですか……それじゃ、また」

「ああ、アップルパイ、とても美味しかった。ごちそうさま」

「おじさん、もう帰るの？　パズルは？」

「ごめん。また今度な」

残念そうに肩を落とした克樹の頭をひと撫でし、彰悟は部屋を出ていった。廊下には、日菜子が待っている。海音と目が合った彼女はにこやかに手を振ってくれた。

「ごめんなさいね、彰悟を連れて帰るわね」

「いえ……」

ただ、当たり前のように彰悟の腕を引いて歩いていく日菜子への、複雑な羨望を抑えることは難しかった。

◇◇◇◇◇

その夜見た夢を、彰悟は誰にも打ち明けられないと思った。

とても笑い話にはなり得ない。口にした途端、全ての人から白い目を向けられることだろう。

特にカイには、何があっても知られるわけにはいかなかった。絶対に墓場まで持っていかねばならない類の秘密だ。

まだ意識は覚醒しきっていないのに、夢現の狭間を漂いながらもこれが『夢だ』と分かったのは、現実にあり得ないものだったから。

想像することすら罪深い、生々しい毒に塗れた蠱惑的な光景。

兄の元恋人であり、克樹の母親であるカイが扇情的な格好をして、しなだれかかってくるなど妄想さえ許されるはずがなかった。

本来であればカイは兄嫁になっていた人。そんな相手を性的な対象として見ている自分は、どこかおかしいのかもしれない。倫理的にも、人道的にも誹られて当然のことだ。

理解はしている。それでも夢の中、彰悟は己を縛める鎖を引き千切ってカイへ手を伸ばさずにいられなかった。

赤く艶めいた唇を舐める舌に惑わされ、魅力的な流し目に掻き乱される。くねらせた腰の曲線に目が釘付けになり、吐息の起こす僅かな風に煽られた。

そんな妖しい表情を彼女がしたことは一度もない。

意味深な視線一つ見せたこともなければ、誤解を招く言動だって皆無だったのだ。むしろ踏み込み過ぎそうになる彰悟に一線を引き、決して内側には入らせてくれなかった。ただし、おそらくそれが普通であり、正しい行為なのだ。

カイと彰悟は厳密には他人。それでいて、克樹を挟むことで親族とも言える。更に兄が存命であったなら、あの二人は破局してもやり直した可能性が高いのでは。

兄の残した記録には、カイへの愛情が滲んでいた。最後の更新ですら彼女への心配ばかりで、少なくともその時点で別れ話はなかったのではと想像できる。

その後どんなやり取りがあったのかは不明だし、こちらには知る術もない。

知っているのはカイただ一人。

だが、別々の道をいくと選択しても、何某かの情が彼女に残っていたのだろう。

克樹を産み育てていたことが、全ての証拠だ。

通常、嫌いで別れた男との子どもを、愛情たっぷりには育てられないと思う。しかもお世辞にも余裕があるとは言えない生活の中、心が荒むことだってあったはずだ。

けれど、カイと克樹を見ていると、あの母子の結びつきはとても強いのが伝わってきた。互いに信頼と愛情で結びついている。大切に我が子を慈しんでいたのは確実だ。そして息子も母親を無条件に愛している。

——兄が考えた名前をつけたことからも……気持ちが消えたわけじゃない。

たぶん、カイは今でも克哉を愛している。何か理由があって離れることを選択し——シングルマザーになったとしても。

彰悟は辿り着いた結論に眉を顰めた。

キリキリと胸が痛む。不道徳なこの苦痛は、罪そのもの。

名前をつけてはいけない感情が日々大きくなるのが苦しい。

これまで彰悟は『特別な存在』をもうけたことはなかった。学生時代から恋愛事は煩わしいばかりで、楽しいと感じたことが一度もない。

いつも外野が大騒ぎして、彰悟を置き去りにしたまま勝手に盛り上がっている。

好きでも何でもない女たちに纏わりつかれ、我関せぬ場所で争い合われて、望んでもいないのに揉め事の渦中に引きずり込まれた回数は数えきれなかった。

時には警察沙汰になったこともある。

付き合った覚えのない女に自殺未遂を起こされ、顔も知らない男には殴りかかられ、散々な目に遭ってきたのだ。恋の楽しさを覚える前に辟易だけを刻み込まれた。

女性には優しく、を心がけていたのがいけないのか。

勘違いさせる行動を取った覚えはなくても、どうやら自分の顔が妙な事態を引き起こすと気がついたのは、二十歳を過ぎた頃。

自惚れではなく、不特定多数の女性を惑わす容姿を持っているのだと自覚した。

それまでは周囲にさほど興味がなかったせいで深く考えてこなかったのだが、年々被害が大きくなっていくにつれ、彰悟も己を顧みざるを得なくなったのだ。

顔立ちの似ていた兄の助言も大きい。

『お前は優しいのに人に対して他人行儀なところがあるから、余計に女性の興味を惹くのかもしれない。自分だけは彰悟の特別になれると思わせるのかも。だったら、僕みたいに徹底して誰にでも優しく平等で全員その他大勢として振る舞うか、はたまた真逆に他人を完全にシャットアウトするのがいいと思うよ。そうすればある程度、周りが静かになるんじゃないかな』

半信半疑ではあったが、彰悟は穏やかに笑う兄のアドバイスに従うことにした。

確かに兄はとてもモテるけれど、特定の恋人を作ることなく、それでいて女性たちに醜い争いを勃発させることもない。誰のものにもならない高嶺の花とでも言うのだろうか。

上手く『皆の鑑賞物』としての地位を作り上げていた。

しかし自分にはそんな器用な真似は難しい。結局、無駄に愛想を振り撒くのをやめ、冷ややかに徹する方が楽だと思った。

すると次第に『気難しくとっつきにくい人』と見做されたのか周囲の煩わしさは減っていった。同時に遠巻きにされるようにはなったが、結果としては満足している。

どうせ離れていったのは、彰悟にとってどうでもいい相手ばかり。

静かになったのなら、成功だと言って差し支えない。いつしか彰悟自身も、不愛想で無表情の自分に慣れ、普通になった。

元来、この方が向いていたのだろう。もとから少なかった口数は更に減り、プライベートでの人づきあいは必要最小限になった。当然恋愛事とはもっと疎遠に。

にも拘わらず、初めて心奪われた相手が、『絶対に惹かれてはいけない人』だなんて。

運命の悪戯か、悪ふざけか。信じていない神を罵りたくなったのも仕方あるまい。

彰悟は、写真ではなく初めて実際のカイと対面した時、『思っていたよりも地味な女性だ』と思った。

克哉が撮った映像はどれも、華やぐ笑顔と快活さを切り取っており、明るく元気な女性を想像していたせいだ。

けれど現実のカイは、楚々とした雰囲気に母親としての強さを滲ませていた。

怯え震えながらも、とにかく子どもを守るのだと全身の毛を逆立たせ、懸命に己を奮い立たせていた。明らかに弱々しく細い身体でも、そこには目を見張る生命力が漲っていたのだ。親の、子に対する愛情と言い換えてもいい。

——そんな姿に……一瞬見惚れた。

克哉の忘れ形見に会いたいという両親の願いを叶えるため、どうやって子どもを引き取ろうと色々策を練っていたのに、全てどこか遠くへ弾け飛んだ。

金銭的援助をチラつかせれば、ことは容易に運ぶだろうと高を括っていた自分を殴ってやりたい。その程度の条件では、この母子の絆を断てないと理解した。

互いの存在だけを縁に、支え合って生きてきたのだろう。

若い女性が一人で子どもを育てるのは、容易なことではない。一時の勢いでシングルマザーを選んでも、やり直せるなら——なんて後悔を一度もしたことはないと胸を張って言える人は少ないのではないか。

そんな風に、ある意味見下していた自分は、愚かとしか言えなかった。

もしかしたらあの瞬間、彰悟はカイに惹かれ始めたのかもしれない。当時は全く気付かなかったけれども。

——初めは速やかに克樹を引き取ることが目的だったのに……彼女のもとに何度も足を運ぶうち、段々目的が変化していった……次第にカイがずっと首を縦に振らなくても構わないと思うようになるなんて。

そうすれば、これからも彼女に会える。二人きりで顔を合わせる機会を堂々と作り、次回の約束を取り付けても、不自然ではない。

しかし自分の役目を考えれば愚かな思考に戸惑い、余計に彰悟の態度は固くなった。普段以上に表情が乏しくなって、物言いはつっけんどんなものに変わる。

そのせいでカイが委縮しているのが見て取れ、どれだけ焦ったことか。

今思い出しても、反省以外の言葉がない。不愛想に振る舞うことに慣れ過ぎて、いつの間にか他者の内面を慮るのが、昔より苦手になっていたらしい。

だが色々努力の甲斐あって、じりじりと這うような速度で距離を縮め、少しはカイと克樹の信頼を得られたつもりだ。

笑顔を見せてくれるようになった甥は可愛いし、警戒心を緩めてくれたカイは一層魅力的だった。

――それでも……彼女は『兄の恋人だった人』だ。

愛してはいけない。たとえ愛しても報われない。

カイが未だに兄を心に住まわせているのは、火を見るよりも明らかだった。万が一彰悟が己の想いをぶちまければ、やっと築いた関係も壊れてしまう。

それだけは絶対に避けたいと願っていた。

――なのに――

今夜の夢は、なかなか覚めてくれない。

絡み付くのは、幻で作られたカイの手脚だけではなかった。

抱き合ったことはなくても、柔らかな身体の感触や熱、匂いが鮮烈に感じ取れる。彼女の髪が肩から落ちる音まで聞こえた。

濡れた唇を蠢かせ、声には出さず『彰悟さん』と名前を呼ばれれば、如実に自分の身体は反応を示す。

心臓が破裂しそうな勢いで暴れ、際限なく体温が上がってゆき、下半身に血が集まるのが分かった。

――夢だとしても、触れてはいけない。

引き返さなくては、理性が壊れる。いつかきっと現実でも取り返しのつかない失敗を犯すかもしれなかった。

今はまだ彰悟が危うく道を踏み外しそうになっても、カイがさりげなく軌道修正してくれている。しかしもし何かをきっかけに均衡が崩れたら――自分には彼女に触れたい欲求を抑えきれる自信はなかった。

――僕は全てを擲って、カイだけを求めてしまうかもしれない。今のように――

サラサラとした黒髪に指を遊ばせ、その心地いい触り心地に陶然とする。

彼女の首筋に鼻を埋めれば、甘く柔らかな香りがした。

『カイ……』

ようやく許された呼び名を、親しみと情愛を込めて囁く。

空音とは呼ばせてくれなかったけれど、あだ名を教えてもらえただけで嬉しかった。

最近では一緒に出掛けることが増え、疑似家族になれた気すらしている。だが彰悟の立ち位置は、あくまでも兄の代役。その範疇を越えてはいけないことも、理解していた。

――高望みすれば、全部失ってしまうかもしれない……

もっと近づきたいけれど、叶わない。欲を出せば確実に彼女を困らせる。そして再びきっちりと線を引かれてしまうに決まっていた。

だから夢の中ではせめて、と心が揺れる。

立ち止まれ、目を覚ませと叫ぶ天使を押しのけて、冷笑を刷いた悪魔が囁いた。

『これは現実ではない。だったら好きなように振る舞えばいい。ほら、その女が欲しくて堪らないんだろう？　素直になって手に入れればいいじゃないか。どうせ夢なんだから』

唆す言葉は甘い蜜に等しい。彰悟の弱い心の隙間にするりと入り込んでくる。そうしていつしか抗う声を封殺していた。

『どうせ克哉はもういない。だったらお前が母子を支えてやればいい。何の問題がある？』

――駄目だ、いけない。箍が外れれば、暴走が止められなくなる。

『仮にそうなったって、誰も困らないじゃないか』

――カイが望まないことを強いたくない。

『彼女にとっても、子どもの父親ができれば望ましいじゃないか。名実ともに沢渡になれば、克樹だって安泰だ。ほら、全てが丸く収まる』

やめろと叫ぶ声は、音にならなかった。代わりに彰悟の口からこぼれたのは、『愛している』の言葉。

現実では絶対に言えない。言ってはならない台詞を漏らし、彼女の身体を抱きしめた。

身に着けていた薄布はいつの間にか消え去って、滑らかな肌の質感が心地いい。

いつまでも撫でていたいのに、柔肉に沈む指先が淫らな意図をもって移動し始める。

カイの裸を目にしたことはなくても、鮮やかに思い描ける自分に嫌悪感が募った。

ほっそりとした手足。肉の薄い腹。小振りでも形の良い胸。滲み一つない白い肌。

黒髪との対比が鮮烈で、目を奪われる。

触れた場所はどこもかしこも柔らかく温かで、同じ人間のものだとは到底思えなかった。

『あ……』

控えめな喘ぎが彰悟の耳を擽り、なけなしの理性は遠くへ追いやられた。

組み敷いた彼女の素肌を弄って、夢中で口づける。唇を合わせるだけでは満足できず、舌を絡ませカイの口内を味わえば、もはや何に抗っていたのかも忘れてしまった。

赤く色づいた胸の頂を指先で転がし、戦慄く腿を撫で摩る。

両脚の狭間に手を忍ばせれば、彼女が妖艶に微笑んだ。

――カイがこんな表情を浮かべるはずはないのに、僕はどこまで自分に都合がいい夢を見ているんだ……。

こちらに向けて手を広げた女は、己の妄想の塊だ。重々分かっていても、誘惑をはねのけられない。

繰り返されるキスで、思考が蕩けてゆく。カイに耳朶を噛まれた彰悟は、詰めていた息を吐き出した。

――どうせ夢なら――

永遠に目覚めなければいいとすら思う。

しっとりと湿り気を帯びた花弁を辿り、その奥の泥濘に指を沈ませた。蕩けそうな熱に包まれて、指先が痺れる。ゆっくりと動かせば、彼女の内側が更に濡れた。

掻き出される愛蜜の量が増え、淫靡な水音が奏でられる。次第にカイの嬌声が大きくなってゆき、やがて彼女がビクッと四肢を強張らせた。

『彰悟さん……』

再現度の高い夢は、声まで完璧だった。

普段穏やかで理知的なカイの声が、快楽で掠れている。やや乱れた吐息が混じり、官能的なことこの上ない。

耳から媚薬を注がれた心地で、彰悟は彼女の膝を左右に割った。

赤い淫らな蜜口が、淫蕩な香りを放っている。愚かな男を引き寄せるには充分な、甘く卑猥な芳香。その奥を暴きたくて、他には何も考えられない。

急く思いに衝き動かされ、彰悟は腰を押し進めた。

ゆっくり。けれど着実に。昂ったものを愛しい女の中へ埋めてゆく。

きついのに極上の柔らかさに迎え入れられ、たちまち脳も腰も蕩けそうになったが、奥歯を嚙み締めてじっと堪えた。

これがただの夢であっても、やっと叶った願いを簡単に終わらせたくない。

いや夢だからこそ、じっくりと味わいたかった。下手をしたら二度と見られないかもしれない。現実では妄想することさえ罪深いなら、この機会を堪能したい。

幻であると理解した上で、感触も匂いも熱も味も、全部を覚えておきたかった。

『……はっ……』

二人の局部が重なって、完全に繫がれたことを知る。

愛しい人の内側は、筆舌に尽くしがたいほどの楽園だった。

このまま、いつまでもこうしていたい。けれどいずれ確実に覚める夢なら、最後まで想いを遂げたいとも願う。

狭い本能に屈した形で、彰悟は動き始めた。

濡れ襞を肉槍で掻き毟り、同時に慎ましい花芯を扱く。快楽の声を上げるカイを抱きしめ、次第に打擲の速度を速めていった。

『……ぁ、あ……ッ、彰悟、さん……っ』

『カイ……』

共に揺れ、鼓動が重なる。呼吸が交じって、一つのものになれた気がした。

本当は気持ち一つ告げられないのに、どうかしている。この先絶対に現実で彼女を腕に抱くことはないと思えば、鋭く突き上げずにはいられない。幻でも構わないからと、思いきりカイを貫いた。

『んぁ……ッ、や、ぁ……激しい……ッ』

汗が飛び散り、蜜液が白く濁る。結合部はびしょ濡れになって、溢れ出た滴が彼女の真っ白な内腿を汚していた。

——どうせなら、もっと別のもので汚してしまいたい。

自分の白濁をカイの中に注いだら、どれだけ気持ちがいいだろう。腹に収まりきらないくらい吐き出せば、内側から彼女を染められる錯覚がある。夢ならば、子種が実を結ぶことはない。

馬鹿げた妄想が興奮を募らせたが、付随する感情が歪な歓喜か落胆なのかは、判然としなかった。

それでも快楽に浮かされて眉根を寄せるカイを見下ろしていると、欲望がどんどん膨らむ。もっと感じていっそ壊れてしまえと念じながら、彼女の悦ぶ場所を何度も抉った。

『ひぁっ、ぁ、あ……ぁあぁあッ』

カイの細い脚を彰悟が肩に担ぎ上体を倒せば、結合が深くなる。

これまでにない一番奥に切っ先が突き刺さり、彼女が髪を振り乱した。

綺麗な黒髪が広がって模様を描き、爪先がキュッと丸まる。それら全てがカイの得ている快楽を彰悟に教えてくれ、より気持ちが昂った。

『……気持ちいい?』

『はい……っ、ぁ、ふ……気持ちいいです……っ』

妄想でもなければ、彼女が淫らな質問に答えてくれることはないだろう。

素直に頷くカイの額に口づけて、彰悟は更に深く浅く蜜窟を穿った。

『彰悟さん……、ぁ、も、もう……っ』

涙目で懇願する彼女を抱き起こし、向かい合って座る姿勢に変えた。楔が深々とカイに突き刺さり、彼女が目を見開いて唇を戦慄かせる。

ブルブルと震える太腿をひと撫でし前後に腰を揺らせば、繁みと花芯が擦れる。

カイには堪らない愉悦となったのか、彼女の全身が数度痙攣した。

『んぁッ……』

『もう達してしまった？　でも――、まだ終わらないよ』

『……ぁ、待って……まだ……ひ、ァッ』

持ち上げたカイの身体を落とすと同時に突き上げ、隘路を完全に支配する。

爛れた蜜道が蠢いて、激しく収縮した。剛直を舐めしゃぶられ、吐精を促されている心地になる。勘違いだとしても興奮せざるを得なかった。

『ほら、ここも弄ってあげる』

『ああ……ッ』

背骨に沿って指先を上下させ、うなじを弄って最終的に耳朶を舌と指で擽った。

吐息を耳穴へ吹き入れれば、如実に彼女が肌を赤く染める。

上半身を密着させたまま揺れれば乳房の先頂が擦れるらしく、そこからも喜悦を拾っているようだった。

『……ぁ、あ、またイッちゃ……ぁあぁッ』

『いいよ、何度でも』

溺れてくれたら逆に嬉しい。そんな本音を呑み下し、カイの反応がいい場所を繰り返し抉った。

生温い滴が後から後から溢れ、二人の下半身をびしょ濡れにしている。潤滑液の助けを借りて、より獣めいた激しさで交じり合った。

『んんっ、ぁ、あんッ、は……ぁあぁッ』

ぐぷっと空気を孕んだ淫音が鳴り、彼女が顔を真っ赤に染める。いくら快感に浸っていても、羞恥心が残されているのだろう。

そんなカイが愛おしくもあり、嗜虐的な衝動も刺激された。

わざと音が鳴るように蜜窟を攪拌し、やや乱暴に腰を振る。勿論彼女のいいところも的確に暴いていった。

リズムを変えながらざらつく部分に楔の先端を押しつけて、じっくりと擦る。

身体を浮かせて愉悦から逃れようとするカイを強引に引き戻し、むしろ力強く肉槍を叩き込んだ。

『ヒィ……ッ』

余裕のない嬌声を迸らせた彼女の口の端から唾液が溢れた。もはや口を閉じていられなくなったのか、艶声が大きくなる。しがみ付いてくる手にも必死さが窺えた。

『も……駄目ぇ……っ』

『カイ……僕のことが好き?』

先ほどと同じように、自分に都合がいい返事が聞きたい。

彰悟は夢でなければできない質問をして、卑怯にも望む回答を求めていた。

幻想でいい。好きだと返してほしい。切実な願いを込めて、彼女を見つめた。

夢だと悟っているからできること。無情な現実では想像自体が冒瀆になる。兄に対しても、カイに対しても。世間や両親だって不道徳だと嫌悪感を露にするに決まっていた。

けれど全部分かっていても、今だけは止まれない。

目覚めれば全て消える幻影故に、我が儘な本性を制御できなかった。

彰悟自身は獣に堕ちることも厭わない。だが、彼女を道連れにするかどうかは、別の話だ。

——兄さんが心から愛した人……そして克樹の母親……だけど、気持ちはどうにもならない。

『言ってくれ。お願いだから、僕を愛しているって……』

『……はぅっ、ぁ、ふぁッ、あ、あァ、あ……ッ』

それなのに、いくら自分にとって都合がいいはずの夢でも、全てが思い通りになるわけではないらしい。もしくは、辛うじて残った良心なのか。

妄想で作られたカイは『愛している』とだけは言ってくれなかった。

いくら快楽に溺れても、淫蕩な仕草で彰悟を受け入れてくれても、心はくれない。最後の一線を越えることは許さず、嫣然と微笑んだ。

『彰悟さん……』

『カイ……』

息が乱れる。限界が近い。身体は満たされているのに、対照的に心が冷えてゆく。

兄への罪悪感と彼女への申し訳なさが入り混じって、どうしようもなくままならない。

幸福で残酷なこの夢が、終わってほしいのかどうかももう分からなかった。

『は……っ、ぁ、あああ……っ』

再びカイの淫路が収斂する。強い締めつけに、彰悟は息を詰まらせた。

──これが現実だったら、どんなによかったか──

兄と彼女は新たな命を授かっても破局した。けれどそれが自分であったなら──何があってもカイを手放さないと思う。

仮に彼女が逃げたとしても、死に物狂いで後を追ったに違いなかった。

──いや……兄さんも同じか？　病のせいで、叶わなかっただけだったら──

志半ばで斃れた克哉を思い、まるで自分は盗人だと自嘲した。兄の居場所を掠め盗る度胸もないくせに、こうして妄想の中でカイを抱いている。卑怯で薄汚い泥棒同然だ。

次々浮かぶ自己嫌悪に眩暈がし、それでも腕の中の彼女を手放したくない。

矛盾している。何もかも。どうすればいいのか、何が正解なのかまるで見えない。

ただ言い訳を並べ立てるよりも切実に、『愛している』と囁いた。

『……ぁっ……』

甘い声音に誘われて、唇を求める。

口づけは繰り返すほど罪深さを増し、更に恍惚を呼んだ。

いっそ全てぶちまけてしまおうかと思わなくもない。けれどその度に足踏みするのは、自分が責任を背負えば済む話ではないからだった。

克樹を傷つけられない。兄が残してくれた小さな命を守るのが最優先。

その同じ目標を掲げていれば、カイの傍にいられるという計算もあった。

——結局僕は、自分のことばかりだ。

もし彼女が兄の恋人でなかったなら、問題はもっと簡単だったはず。だがそれでは、二人が出会うことも、彰悟がカイに惹かれることもなかっただろう。

皮肉な運命に踊らされ、許されるのは口を噤むことだけだった。

4　手探りの夜

避けられている気がする。

この半月ばかり、海音は彰悟とまともに喋っていない。生活時間帯が違うので特別不思議ではないかもしれないが、同じマンション内に住んでおり、以前は頻繁に顔を合わせていたのにだ。

今はひたすら『忙しい』と言われ、電話連絡すらままならない。差し入れを届けようと考えても、彼が在宅しておらず空振りした回数は数えきれなかった。

そもそも緊急の用事があるわけでもない身としては、度々断られると次第に弱気になってくる。ひょっとして迷惑なのでは……と思い、自然とこちらの足も遠退いていった。

――最後に会ったのは……克樹にパズルのお土産を持ってきてくれた日……？　あの日は特におかしなことなんてなかったよね？　まさかアップルパイが口に合わなかった？

考えても分からない。だがあの日以降、彰悟は急によそよそしくなった気がしていた。

一度エントランスで行き会った際など、あからさまに目を逸らされたのを思い出し、海音は痛む胸に手を添えた。

彼は気づかなかった振りをしていたが、絶対に視線が合った。

それなのに足早に歩き去るなんて、意図的なものとしか考えられない。いわゆる無視。

忙しい彰悟のことだから時間がなかった可能性もあるものの、それなら目礼や手を振る程度のことを普段の彼ならばしてくれる。

照れ屋であっても、無作法な人ではなかった。少なくとも、海音が彰悟に抱いている印象ではそうだ。

——私が彼を怒らせてしまった？　だけど何も理由が思いつかない……

気のせいとは割り切れないまま、海音はひとまず深呼吸で気持ちを切り替えた。

「——それでは、克樹をよろしくお願いいたします」

「ええ。夕方までには、必ず送り届けるわね」

「ママ、行ってきます！」

マンションの来客用駐車場で元気に手を振る克樹の肩に手を置いているのは、美佐子だった。

今日は祖母と孫の二人で水族館に行くことになっている。ペンギンを見たいと強請る克樹の要望に、美佐子が応えてくれた形だ。

「本当なら東野さんも一緒に行ければ一番よかったけれど……」

「すみません。今日のシフトは休めなくて……お願いする形になり、申し訳ありません」

「ううん、私は克樹と出かけられて嬉しいのよ？　でも貴女も一緒なら、もっと楽しめるでしょう？」

本音では娘でも嫁でもない女なんて邪魔なだけだろうに、そんな風に言ってくれる美佐子に感謝が募った。とても優しい人なのだと改めて思う。

だからこそ、海音は今日彼女と克樹を二人だけで送り出すことにしたのだ。

シフトが休めないというのは嘘。カフェのオーナーは、海音の事情を汲んで色々融通を利かせてくれる。事前に申請していれば、休みは難なくとれたはずだ。

しかし、今回海音はいつも通りの勤務を希望していた。

初めから祖母と孫の二人で出掛けてもらうつもりだったことは、秘密である。

——不安はあるけど……これでいいんだよね。克樹を沢渡家に受け入れてもらいたいし、あの子だって愛してくれる肉親が多い方がいい。

己のエゴで、克樹の世界を海音だけで埋めたくはなかった。

いつかやってくる『その時』に備え、準備だけは万端に整えておかなくては。

——正直に言えば、考えたくもない……だけど、私は『母親』として最善の選択をする義務がある。

それが『自分のいない世界』であるのが悲しい。

克樹の世界から、いずれ排除されるかもしれない海音の存在。元々異物である自分があの子を独り占めするわけにはいかなかった。

故に今日は、断腸の思いで美佐子に克樹を預けることを決めたのだ。

「残念だわ。今度は貴女も一緒に行きましょうね。もし私だけで気まずければ、彰悟を連れてきてもいいのよ」

「えっ、気まずいなんてことはありません」

それよりも何故ここで彰悟の名前が出てくるのかが分からない。

美佐子の言葉に驚いた海音は、忙しく瞬いた。

「そう言ってくれると、嬉しいわ。では次回は是非一緒に、ね？　彰悟も」

「は、はい……」

やや強引な押しの強さは、流石は親子と言ったところか。

妙な圧を美佐子から感じ、海音は頷いていた。

「それじゃ、克樹をお預かりするわね」

「よろしくお願いいたします。――克樹、お祖母様の言うことをよく聞くのよ？」

「うん！　じゃあね、ママ！」

車に乗り込んだ二人を見送り、海音はホッと一息ついた。

幼稚園以外の理由で克樹と離れて過ごすのは、いつ以来だろう。今日は仕事があるものの、出勤時間までは一人だ。突然の自由時間に、戸惑っている自分がいた。

――まだ九時……二時間近く、余裕があるな。

たまにはゆっくりコーヒーでも飲もうか。それとも念入りに掃除でもしようか。

色々考えている海音の隣に、突然車が停車した。

そこは来客用スペースなので、不特定多数の人間が使う。だが、いきなりすぐ脇に車が停まって、驚くなという方が無理だ。

海音がビクッと身を竦ませると、運転席側の窓が開いた。

「空音さん、おはようございます」

車に詳しくない海音でも高級車だと分かる車種から顔を覗かせたのは、日菜子だった。

この時間でも隙なく化粧を施して、パンツスーツが似合っている。形のいい耳朶には煌めくダイヤ。いかにもできる女の華やかさだった。

それに対し、海音は身綺麗にしていてもすっぴんで、外に出るのを許される最低限の格好。何だか急に気恥ずかしくなり、無意識に俯いた。

「おばさまたち、もう水族館に出発したのね。開館時刻に合わせるなんて、すごく張り切っていらっしゃるわ」

「え、はい。……二人が出かけるのをご存じだったんですか？」

「ええ。おばさまから一緒に行かないかと誘われたの。でも今日は仕事が休めないからお断りしたのよ」

「そうだったんですね……」

彼女たちは密に連絡を取り合っているらしい。それに互いを信頼している。いわば家族同然。当然、美佐子だけでなく勝や彰悟にとっても。

それを――羨ましいと感じた。

「あの……今日は？」

「ああ、これから取引先へ挨拶に行くから彰悟を拾いに来たのよ。方向が一緒だから、乗せていく約束なの」

――仕事上でも、頼られているのね……

海音には絶対に入り込めない領域に日菜子はいる。比べることすらおこがましいのに、胸の騒めきは大きくなる一方だった。

――こんな気持ちになりたくないのに……どうしても消せない。

モヤモヤは溜まるばかり。吐き出す先がなく、どんどん堆積していった。

「ぁ……それじゃ私はこれで……失礼します、日菜子さん」

間もなく日菜子と合流するため彰悟がやってくれば、彼と顔を合わせるかもしれない。

けれど、海音にはそんな勇気が湧かなかった。

避けられているかもしれない中で、図々しく彼の前に出られない。しかも気心が知れた二人の姿を見たくもなかった。

気分としては逃げ出すのも同然。さっさと踵を返そうとした刹那。

「――もうヒナさんとは呼んでくれないの？」

笑顔で向けられた台詞に、背筋が凍りそうになる。

どうやら空音は日菜子のことを『ヒナさん』と呼んでいたらしい。勿論、海音がそんなことを知るはずがない。

だから特に疑問もなく『日菜子さん』と呼び掛けてしまった。しかしそれは失敗だったと言わざるを得ない。

――言動には気を付けなくてはいけないのに、やってしまった……。

「あ、その……」

「まぁね、あれから五年経っているし……空音さんだって色々あって心境が変わるわよね。でもあまり他人行儀にされるのは寂しいわ。あんなに仲良くしていたのに」

――仲良く？　……どうしよう。ソラと日菜子さんは親しい友人関係だったの……？

迂闊に喋るのは危険だ。咄嗟にそれだけ考えて、海音は口を閉ざした。するとそんな態度を見てどう解釈したのか、彼女が寂しげに微笑んだ。

「……仕方ないわよね……結局私はあなたたちを守ってあげられなかったんだもの。私なりに一生懸命動いたけれど……おじさまたちの意識を変えるのは難しかった。今だって孫可愛さに態度を軟化させていても、空音さんを息子の嫁として受け入れられるかどうかは別の話だものね。人って、そういう根本の部分はなかなか変えられないものよ」

「あの……？」

「育ちの違いや家柄なんて今時馬鹿馬鹿しいって私は思うわ。でも年配の方には拘る点なのかしら。特に沢渡はそれなりに名門と呼ばれる家だし。克哉は当時跡取り息子。結婚相手を簡単には決められない立場だったのよ。分かってあげて」

申し訳なさそうに日菜子に言われ、海音は何となく悟った。

姉と恋人は心底愛し合い、結婚を夢見たことは間違いない。けれど色々な壁にぶつかって叶わなかったようだ。そんな時に、日菜子が仲立ちしようとしてくれていたのか。

「克哉も病が進行していくにつれ、疲れてしまったのよ……それで空音さんに辛く当たってしまったんだと思う。だけど手切れ金の額が、克哉なりの誠意だったと私は思うのよ」

「……はい……」

あの多額の金はそういう意味だったのかと合点がいった。

死が目前に迫り、焦りやもどかしさ、後悔と罪悪感、不安と悲哀、そういったものが絡まり合って、『手切れ金』という形をとったとしたら。

「空音さんのことを克哉は大切に想っていたわ。だから子どもを諦め、一人でやり直してほしいと願っていたの。それだけは理解してね？」

首を縦に振る以外、他にどんな反応をすればよかっただろう。

一気に沢山の情報が流れ込んできて、混乱している。

知らなかった姉の過去に触れられて、泣きたい気持ちにもなっていた。

「私も、まさかあの状況で空音さんが一人で子どもを産み育てるとは思っていなくて、この五年間助けられなくてごめんなさい」

「いいえ……わ、私から連絡を絶っていましたし」

「それでも私から、もっと働きかけるべきだったわ。てっきり貴女は克哉とのことを完全にリセットしたいのだと、判断してしまった」

おそらくそれは、半分正しい。

姉が海音のもとに身を寄せてから、空音が日菜子に連絡を取った様子はない。つまり姉はもう過去と決別していたということだ。

——ソラがどういう思いを抱いていたのか、正確には分からないけれど……

「とにかく、色々申し訳なく思っていたのよ。五年前、私がもっと上手に根回しできていれば、別の今があったんじゃないかって……」

「そんな。日菜子さ……ヒナさんは充分よくしてくださっています」

「そう言ってくれると嬉しいわ……これからはもっと頼ってね。沢渡の人間として、私も克樹君を可愛く思っているんだから。今は彰悟が気にかけていても、あいつだっていずれ家庭を持てば克樹君に関わってばかりもいられないでしょうし……」

ヒュッと鳴った喉の音を、聞かれていないことを切に願う。

これまで海音はそんなことを考えたこともなかった。いや、考えたくなかったのか。愚かにも、彰悟はずっと克樹の傍にいてくれるのではないかと思い込んでいた。だがよく考えれば、そんなはずはない。

彼は克樹の叔父であり、父親ではない。己の家庭を持てば、優先順位が変わるのは当然だった。

「克哉が亡くなって、沢渡の跡取りは彰悟だもの。おじさまたちも相応しい花嫁候補を見つけようと躍起になっているのよ」

日菜子の言葉が頭の中を木霊する。心をチクチク刺しながら不協和音を奏で、グルグル回った。

グラリと視界が歪み、海音は込み上げる吐き気を堪えるため、片手で口元を覆う。喉奥から溢れそうになるのは、悲鳴でもあった。

「あら、もうこんな時間。全くもう、彰悟ったら何しているのかしら……あいつは本当にこういうところが駄目なのよねぇ。いつまで私が面倒見なくちゃいけないのかしら。空音さん、ごめんなさい。私彰悟に電話してみるわね」

「……ぁ、はい……私はこれで……」

慌ただしく電話を取り出した日菜子を尻目に、海音はその場を離れた。

早足だった速度は、最終的に小走りになる。一秒でも早く、ここから逃げ出したかった。

絶対に彰悟と顔を合わせたくなくて、隠れるようにしながら自室まで戻る。幸いにも彼とすれ違うことはなくホッとしたのも束の間、玄関扉を閉めた瞬間に膝から力が抜けた。

——彰悟さん……結婚するの……

ずっと同じ言葉がリフレインしている。

どうして自分がここまでショックを受けているのかも、理解できなかった。

ただ立ち上がる気力がない。仕事に行くため準備しなくてはと思っても、両脚は弛緩したまま冷たい床に座り込んでいた。

とてもコーヒーを飲む気分ではないし、掃除をする元気もない。ぼんやりと虚空を眺めるだけ。他には、何も自発的にできなかった。

——別に、不思議なことじゃない……そりゃそうよ。むしろ彰悟さんに結婚話が出ていなかったことの方が不自然よね……

あれほどの整った容姿に、高い家柄。頼りになり、不器用な優しさを示してくれる人。家族思いで、献身的でもある。ふとした瞬間見せてくれる気遣いや照れた表情は、何度も海音を和ませてくれた。克樹に対する愛情は、紛れもなく本物に違いない。

大抵の女なら、憧れて当たり前。面食いではない海音だって、心奪われてしまった。

――惹かれずにいられるわけがないでしょう……だってあんなに優しくしてもらったんだもの……

思い出すのは赤くなった耳。はにかむような笑顔。克樹に向ける柔らかな眼差し。

子どもの相手は苦手そうでも、一所懸命甥っ子との距離を縮めようと頑張ってくれた。海音に対してだって、あれこれ気を遣ってくれていたではないか。

――ああ……私、あの人のことを本気で好きになってしまったんだ……

身のほど知らずにも、絶対に叶わぬ恋心が芽吹いてしまった。

――何て馬鹿なの。私にそんな権利があると思っているの？　皆を騙しているのに――ううん。それだけじゃない。私は彰悟さんにとって『兄の元恋人』。親切にしてくれたのは、克樹の母親だと信じているからよ。

実際は叔母である真実を知れば、彼は海音を軽蔑するかもしれない。人として許されない嘘を吐き、沢渡の家に食い込もうとした悪女として。

偽りを貫けばこれから先も彰悟と関わることはできる。ただしそれ以上の関係にはなり得なかった。対して真相を明らかにしたら――

――卑しい女だと嫌われておしまいだ……

それなら海音が選ぶ道は一つだけ。

——あと少し……もう少しだけこのままで……

まだ手放したくない。砂上の楼閣に過ぎない幸せであっても。

初めて味わう幸福感があまりにも甘美で、海音を卑怯者にする。秘密の暴露を後回しにし、温かな疑似家族を失いたくないと叫ばせた。

——ごめんね、ソラ。私がいなくなっても克樹は大丈夫だと確信が持てたら、必ずここを去る。だからそれまでは見逃して……

心のどこかで、終わりを決めるのは自分だと勘違いしていた。

けれどそれはただの願望でしかない。

彰悟が別の誰かを選べば、今の形は変わる。もう時間はあまり残されていないのかもしれない。彼が最近海音を避けているのも、婚姻話が進んでいるからだとしたら。

ひたひたと押し寄せる別離の予感に、海音は強く目を閉じた。


仕事は、散々だった。

普段ならしないオーダーミスを繰り返し、しまいには水を注いだグラスを落とす始末。

穏やかなマスターや常連客は笑って許してくれたけれど、海音は懺悔の気持ちを引き摺ったまま帰宅した。

水族館から帰った克樹はよほど楽しかったのか、ペンギンが可愛かったこと、大きな魚を見たこと、帰りに食べたデザートが美味しかったことを興奮気味に話してくれた。

美佐子が買ってくれたお土産を並べ、何度も繰り返している。そんな姿は微笑ましく、海音はどうにか普段通りに振る舞えたはずだ。心の中は嵐に見舞われていても。

いつもより少し遅い時間にようやくベッドに入った克樹は、大きなペンギンのぬいぐるみを抱きしめて眠っている。

本当に充実した一日を過ごしたことは、上がったままの口角からも明らかだった。

——美佐子さんにお願いしてよかった……

二人だけで出掛けさせることは、不安もあった。克樹がグズる心配もあったし、祖母と孫が今以上に打ち解け合って、いずれ海音がいらなくなる日が早まる可能性も。

それでも、いつまでも『このまま』でいては駄目だと思い、どうにか自分の背中を押したのだ。

——これでいい。正しい形に戻るだけだもの……——でも何故泣きたくなるんだろう？

海音が今日、何年も飲んでいない酒を買って帰ったのは、今夜を乗り切るにはアルコールの力がないと無理だと思ったからだ。

だが飲酒の習慣がないせいか、値段と度数で適当に選んだ缶ビールや酎ハイは、ちっとも美味しいと感じられなかった。ただただ苦く、アルコール臭い。

味わうことなく喉に流し込み、海音はぼんやり虚空を眺めていた。

だからなのか、電話が鳴っていると気づいたのは、しばらく経ってからだ。

「――……はい」

『……今日、日菜子と会ったの？』

名乗りもせずいきなり質問されたのに、相手が誰なのかはすぐに分かった。

丁度海音の頭の中を占めていた人。それでいて、会いたいのか会いたくないのか自分でも判断できない人。

ただ端末から聞こえてくる声が甘く響いた気がしたのは、確かだった。

「……彰悟さん……お久し振りです。最近、ちっとも顔を合わせませんでしたね」

『あ、ああ……その、ちょっと君に申し訳なくて……』

「私に？」

『いや、何でもない。独り言だ。忘れてくれ』

避けていたことを否定するつもりはないらしい。しかも言外に意図的だったと認めているのを、彼は気づいていないようだ。

「……日菜子さんには、偶然お会いしましたよ。……それが何か？」

『あ、いや。……話のきっかけが見つからなかっただけで……』

「――彰悟さん、もしも克樹に遠慮しているなら、気になさらなくて大丈夫ですよ。あの子は貴方に懐いていますが、ご自分のプライベートを大事になさってください」

彼に『父親代わり』を押しつけるつもりはない。

込み上げそうになる涙を懸命に堪え、海音は声を震わせることなく冷静に告げた。

『え？　何の話だ？』

「ご結婚されるんですよね？　これからは私たちに時間を割かなくて大丈夫です。是非、相手の方を優先してください」

『待ってくれ、よく話が見えない。……――ひょっとして、酔っている？』

今まさに新しい缶を開けた海音は、吐息だけで笑った。

「少しだけ飲んでいます」

『……何かあったのか？』

「私だって、飲みたい気分の時はあります」

曖昧に濁すのが精一杯。詳しく理由を語れるわけがなかった。

慣れない酒を呷って、軽く噎せる。そんな自分が滑稽で、海音の自己嫌悪はますます膨らんだ。

「特に用がないのでしたら、もう切りますね」

『待ってくれ。その……電話では埒が明かない。今からそっちにいってもいいか？』

夜も更けたこんな時間に、彰悟が部屋に来たことはない。

そういう点で、彼はとても紳士だ。呼び方などで強引な面はあっても、海音に余計な不安を与える真似は絶対にしてこなかった。

そんな彰悟がらしくないことを言うものだから、海音は数秒言葉を失う。

電話の向こうではこちらの返事を待つまでもなく、彼が動き始めた音がした。足音や扉の開閉音。エレベーターで移動する物音も。通話状態のまま、彰悟がこちらに向かってくる。

海音がモタモタと戸惑っているうちに、インターホンが鳴らされた。

「あ……っ」

居留守はできない。こんな時間の来訪は断らなければと頭の片隅では考えている。だが海音の身体は思いと裏腹に、玄関へと走っていた。

「……こんな時間にごめん」

電話を切りながら告げた彼は、視線を海音から逸らしたまま。耳殻がほんのりと朱に染まっていた。

互いに気まずく、上手く会話が続かない。けれど扉を開けてしまえば、今更『帰れ』とは言えなかった。

「……いえ、あの……どうぞ……」

彰悟を迎え入れ、リビングへ案内する。その間、無言のまま。彼はテーブルに並んだ空き缶を見て、微かに目を見開いた。

「悩みがあるなら、愚痴くらい聞かせてほしい。何か、困っていることがある？」

「……別に、ありません。彰悟さんにも皆さんにもとてもよくしていただいています」

強欲に『これ以上』を望む気はない。分不相応な高望みをすれば、罰が当たる。今でさえ、過分な幸運を享受しているのだ。

海音は戦慄きそうになる唇を綻ばせ、必死に笑顔を形作った。

「ですから、彰悟さんは私たちではなく、ご自分の都合を大切にしてください。いくら善意でも、他の女に親切にしていては、恋人の方は面白くないと思います」

「え」

「さっきからいったい何の話をしているのか……僕にはそんな相手はいない」

海音が驚きの声を上げたその瞬間、バツンッと全ての明かりが消えた。

リビングだけでなく、廊下や玄関も。漆黒の闇の中、通常ついているはずのスイッチの場所を示すランプも消えていた。

「な、何……？」

「停電だ。動かないで」

突然の暗転に対応できず、海音は闇の中で狼狽える。

真っ暗闇は苦手だ。空音と離れて暮らした期間、孤独を噛み締める日々が続いたせいで、すっかり忌まわしいものになってしまった。

「懐中電灯はある?」

「どこかに買っておいたはずですが……」

動揺しているせいですぐに在処を思い出せず、海音は情けない声を出した。

克樹が眠っていたことが、せめてもの救いだ。あの子が起きている時間帯であったら、さぞや怖がったに違いない。下手に自分が騒いで克樹を起こせないと思い、海音はどうにか冷静さを取り戻そうとした。

「カイ、大丈夫だから落ち着いて」

黒に塗り潰された世界に、明かりが点った。

それは彰悟が手にしていた携帯電話のライト。思いのほか明るいそれは、海音の恐怖を充分払拭してくれた。

何よりも、彼がすぐ傍にいてくれることが心強い。

知らず震えていた海音は、光に照らし出された彰悟の姿に、心の底から安堵した。

「あ……」

「すぐに復旧するかもしれないから、懐中電灯を探すのは後にしよう。カイが置き場所を思い出せてからでも遅くない。それまではこれで凌げる。――ほら、こっちにおいで」

手招きをされ、考えるより先に海音は彼のもとへ踏み出していた。

ごく自然に手を繋ぐ。

触れ合っていれば、そこから安心感が広がった。見つめ合うと、怯えとは種類の違う感覚が海音の胸を支配した。

じわじわと心を侵食する想いの名前は、明確にしてはいけないもの。

改めて言葉にすると、余計に海音を苦しめると分かっていた。だが、理性で制御しきれるものでもないことも知っている。

「とりあえず座ろう」

並んでソファーに腰かけて、触れ合う肩が温かい。特別会話はないまま、どちらからともなく身を寄せた。

手は未だ繋いだまま。ライトの光が照らし出す範囲だけが、世界の全てのよう。海音が抱える秘密も問題も、今は遠く外側に追いやられていた。

「……カイ、さっきのことだけど……あれは、どういう意味？」

「あの、私の勘違いだったみたいで……忘れてください」

「忘れるなんて無理だ。嫉妬してくれたと思っていいのか？」

「嫉妬なんて、そんな――」

していないと言ったら、完全に嘘だ。醜い妬心で、胸が焦げ付きそうだった。

自分にはそんな権利がないと理解していても、彰悟に『誰とも結婚してほしくない』と叫びたくて堪らない。愚かでみっともない女と思われたくない一心で、耐えているに過ぎなかった。

「……僕には、恋人も結婚を予定している相手もいないよ」

思い違いとは言い切れない力が、重なる手に加わる。

告げられた台詞の意味を咀嚼し、海音は湧き上がる感情を持て余した。

戸惑いと喜び。深い意味はないと己を戒めても、勝手に期待が膨らんでしまう。もしかして彼も自分と同じ気持ちなのではと、馬鹿げた妄想が抑えられなくなった。

「……でも、そうなれたらいいと思っている女性はいる。こんな不義理な弟じゃ、兄さんに顔向けできないな――」

今度は気のせいとごまかせない強さで手を握られた。

指同士を絡ませた繋ぎ方は、特別なもの。友人や知り合い程度ではまずしない。もっと親しく――深い交流を望む相手でなければ受け入れ難い行為だった。

「彰悟、さん……っ」

「嫌なら、振り解いてほしい。そうしたら、二度としない。約束する」

彼の指先が海音の皮膚を擦る。たったそれだけの接触が、ひどく官能的だった。

暗闇に二人きり。酩酊感だけではない眩暈に襲われる。煩いくらい高鳴った心臓が、闇すら揺らしてしまいそうだった。

テーブルに置かれた携帯電話のライトが、白々しく海音と彰悟を照らす。眩しいというほどでもない光なのに、暗がりに慣れ始めた目には煩わしく映った。

無粋な明るさが、今は邪魔だ。

彼も同じように感じたのかチラリと視線を走らせ、羽織っていた上着を脱ぐと、その上にかけた。布を透過した光がぼんやりとした光源になる。

互いの表情をはっきり見られるほどの強さはない。仄かな明かりは頼りなく、それでもこの瞬間には充分なものだった。

「カイ……」

声と触れてくる指先に促され顔を上げれば、驚くほど近くに彰悟の顔があった。反射的に目を瞑り、唇が重なる。

生まれて初めてのキスは軽く何度か触れた後、すぐに深いものへ変わった。

「ん……っ」

他者の舌先が口内を弄る初めての感覚に、血が沸騰するかと思った。擽ったくて、気持ちがいい。ゾクゾクするのに、止めてほしいとは思えない。

粘膜を擦り合わせ唾液を混ぜれば、頭が痺れる愉悦が広がる。

手を握るだけでも得られた幸福感は、更なる恍惚に上書きされた。

「口、もっと開いて」

「ぁ、ふ……っ」

呼吸のタイミングが摑めなくて、海音は言われるがまま顎を緩めた。鼻先を擦りつけ合う間に、慌てて息を吸う。

耳を弄られるとおかしな声が漏れてしまい、恥ずかしい。

強く瞼を閉じたままでいると、睫毛を震わせる口づけが降ってきた。

「カイが嫌がることはしない。だから、力を抜いて」

こちらがガチガチに緊張しているのを見抜いているのか、腕を摩られた。

背中も撫でられ、あやされている錯覚に陥る。

今からでも『駄目』だと一言発せば、彰悟はやめてくれるかもしれない。そしてこれまで通り紳士的に『兄の元恋人』として海音を扱ってくれる。

適度な距離感で。あくまでも克樹を挟んだ関係のまま。

考えるまでもなく、そうすることが正しい。いずれ確実に訪れる別れに備え、傷は少なくなるよう取り計らうべきだ。

――分かっている。でも……

こんな機会、拒んでしまえば二度目はない。もう永遠に彰悟が海音を求めてくれることはないと、直感で分かった。

その後はずっと、親族とも他人とも言えない微妙な距離感のままに決まっている。そして会うことすらなくなるのだろう。そんな未来だけが二人の先には横たわっていた。

——何もないまま別れるのか、思い出を貰って別れるのかの違い……だったら私は——本当の独りぼっちになる前に、愛された記憶がほしい。それがあれば孤独の中でも生きていける。一瞬の煌めきでも、この先の長い人生を照らしてくれると思えた。

「彰悟さん……」

じっと彼を見つめ、怖気づく弱さを押しやる。

僅かに身を乗り出せば、彰悟が抱きしめてくれた。

——温かい……

密着した胸から相手の心音が響いてくる。服越しでも感じられる他者の形や柔らかさ、体温がこの上なく心地よかった。

髪を梳いてくれる手が優しく、首筋を掠める度に喜悦が生まれる。ほぅ……と息を漏らせば、下りてゆく男の手が背中をなぞった。

「寝室に——」

「か、克樹が寝ているので駄目です」

「あ、そうか。すまない……僕、余裕がないな」

苦笑する振動が海音にも伝わり、おかげで少しだけこちらの緊張が解けた。

自分だけではなく彼も平常心ではないと知れたことが嬉しい。ドキドキと暴れる心音が同じリズムを刻んでいる。

至近距離で見つめ合った瞳の中に互いの劣情を見つけ、額同士を当てて微笑んだ。

「……脱がせていいか？」

「改めて聞かれると、恥ずかしいです……」

何もかも初めての海音には、こんな場面での振る舞い方が分からない。だが今の自分は

『空音』であり、克樹を産んだ母親でもある。

つまり、経験があって当然。処女だと気づかれるわけにはいかない。この暗闇は、そういう意味ではありがたかった。

——今夜なら……少しくらい不自然でも、見逃してもらえそう……

大人になって、他人に服を脱がされるのは初めて。両手を上げ、腰を浮かせ、彰悟の動きに合わせて一枚ずつ服を剝がされる。

やがて一糸纏わぬ状態にされ、海音は心許ない気分で自らの両腕を身体に巻きつけた。

——どうしよう。私も彰悟さんの服を脱がせる手伝いをした方がいい……？

普通や一般的には何が正しいのか。人に聞いたこともないので想像もできなかった。

けれど迷う海音の目の前で、彼は無造作に服を脱ぎ捨ててゆく。

ごく小さな光源では、ぼんやりと輪郭が分かる程度。それでも、ハッと見惚れずにはい

られない見事な造形だと察せられた。

——綺麗……男の人の身体って、こんなに芸術的なの……

女よりも硬そうで、逞しい。引き締まった肢体に、無駄なところは見当たらない。うっすら見える凹凸は筋肉の隆起だろう。

腕の太さは、服を着ている時には分からなかった。胸板の厚さも、触れた感覚と実際の光景では受ける印象がまるで違う。

全てが海音とは別物で、無意識のうちに手を伸ばしていた。

「……滑らかなんですね」

「もっとガサガサしていると思った？　……誰と比べて？」

「え、ぁ、いや……そうではなく……」

比較対象を持たない海音は、慌てて首を横に振った。純粋に称賛したかっただけなのだが、彰悟は何故か面白くなさそうにしている。

怒らせてしまったのかと焦っていると、彼がふっと息を吐き出した。

「——冗談、だよ」

吐息がこめかみを掠め、耳朶を食まれた。

湿った呼気が耳穴に注がれて、肌が粟立つ。ふるっと全身を震わせると、彰悟の手が海音の乳房に触れた。

「……ぁ」

柔肉が大きな掌により形を変えられる。さほど豊かではない海音の胸は、彼の掌にすっぽりと収まった。

「く、擽ったいです……」

「それだけ？」

「ん……っ、ゾクゾクして……」

「うん、ならよかった」

ソファーの上で向かい合って座り、手探りで彰悟の身体にしがみ付く。

乳房の頂が硬くなって、より敏感なものに変わった。彼の掌に押し潰され擦られると、感じたことのない掻痒感が生まれる。

喉を通過する呼気が、淫猥な音を奏でて恥ずかしいのに、止める術はない。むしろどんどん大きくなっていった。

「は……ぁっ……」

しっとり汗ばむ肌に彰悟の唇が触れ、舌先で弄られる。初めは首筋。そこから鎖骨へと。更に位置は下がってゆき、最終的に赤らんだ乳首を唇で食まれた。

「んッ」

悦楽が弾け、海音は思わず彼の頭を両腕で抱えた。それが自ら胸を押しつけているも同然だとは全く思い至らず、力一杯彰悟の頭を掻き抱く。すると、彼が微かに笑う気配がした。

「――可愛いな」

そんな一言で、歓喜が極まってしまうのだから、自分は単純だと思う。

喜びが瞬く間に末端まで広がる。好きな人に触れられている恍惚で、心も身体も満たされた。

「彰悟さん……」

好きだと言えたら、どんなにいいだろう。本当は声が嗄れるくらい叫びたい。愛していると本当の気持ちを。

しかし嘘だらけの自分に、そんな資格があるはずもなかった。本名すら告げられていないのにお笑い種だ。

――もし初めから海音として出会えていたら……何かが違った？　――いいえ。それだと彰悟さんは私に興味も持ってくれなかった気がする……

拗れた縁に解けてほしいのか、このままもっと絡まってほしいのか、今夜だけは考えたくない。奇跡同然のこの時を無駄にしたくなくて、海音は滾る息を漏らした。

「……ふ、ん、ん……っ」

乳房の飾りを舌で転がされ、彼の指がもう片方を摘む。

異なる二つの刺激で、体内が蕩ける感覚が生じた。海音が両膝を擦り合わせたのは無意識。太腿の狭間に忍び込んできた彰悟の手で、秘めるべき場所をなぞられた。

「……ぁっ」

「脚を開ける？」

大胆なことを言われ、おそらく海音の頬は真っ赤になっている。ろくに見えない状況で本当によかった。この程度のことで慌てふためいていたら、不自然極まりない。

乱れかける呼吸をどうにか宥めすかし、海音は膝を左右に移動させた。

空気の流れを内腿が捉え、途轍もなく恥ずかしい。

はっきり目視できなくても、どこに注目されているのかは伝わってきた。今は、脚の付け根。彰悟の喉が上下して、火傷しそうなほど真剣に見つめられているのが分かった。

「あ、あんまり見ないでください……っ」

「心配しなくても、ほとんど見えない。僕にとっては残念だけどね——だから触らせてほしい」

「……あ……ッ」

彼の指先が花弁をなぞる。肉のあわいを上下して、己の形が描かれた。

まだ内側に触れられてもいないのに、もう快感がある。身体の奥、海音自身が知らない部分が熱くなり、そこからトロリと何かが溢れる感触があった。

「は……ぅ」

「痛かったら、言って」

「んっく……」

数度蜜口を摩っていた彰悟の指が中へと押し込まれる。何ものも受け入れたことのない淫道は、異物の侵入に騒めいた。勝手に収縮し、排除しようと蠢きだす。固く閉ざされた隘路は、指一本でも違和感を訴えた。

「……っ」

奥歯を噛み締め、待ってと言いかけたのを呑み込んだ。引き攣れる痛みがあるのを、悟られてはならない。海音は彼に抱きつくことで苦痛に歪む顔を隠し、強張りそうになる四肢から力を抜いた。

「キツイな……カイ、ソファーの背面に寄りかかって」

「……え？」

立ち上がった彰悟に軽く肩を押され、海音は横を向いていた体勢から普通に腰かける状態に変えられた。座った脚の間にいるのは、床に膝をついた彼。

何をしているのかと首を傾げている間に、腰を前に引き出される。危うくソファーからずり落ちそうになったところで、片脚を持ち上げられた。

「きゃ……っ、ぇ？　あ……ッ」

乏しい明かりの中でも、彰悟が何をしようとしているのかは見て取れた。けれど認めたくない。

彼の顔が海音の不浄の場所へと寄せられ、驚きのあまり抵抗が一瞬遅れた。

「だ、駄目……っ」

「ちゃんと慣らさないと、カイが大変だから」

「な、慣らすって……」

知識はあっても、経験は皆無だ。

この行為の意味は理解しているが、実際体験する衝撃は想像と段違いだった。

「待って……ぁ、んんッ」

身を捩って逃れる前に、海音の太腿を癖のある黒髪が撫でる。日常生活ではまずない感触が皮膚を擽り、得も言われぬ刺激に変わった。

淡く微かな接触が、ひりつく官能に変化する。物足りなさを掻き立てられ、海音は咄嗟に自らの口を両手で塞いだ。

「ふ……っ」

そうでもしないとふしだらな声が漏れてしまう。発情した女の嬌声に、誰より愕然としたのは海音だった。自分の喉からこぼれたものだとは、到底信じたくない。

羞恥心が込み上げて、涙が滲む。たかがこれだけのことで、こうも反応してしまう自身が、ひたすら恥ずかしかった。

「や……」

迂闊に暴れては、彰悟を蹴ってしまいかねない。それにもう、身じろげば彼の顔面に花弁が触れてしまいそう。

蜜口に吐息がかかり、一気に海音の全身の毛が逆立った。

「つく……ぁ、ん」

指とは違う柔らかく滑ったものに肉芽を転がされ、絶大な快感が生み出される。

舐められ、弾かれ、押し潰され、そのどれもが悦楽を増幅させていった。絶え間なく異なる快楽を注がれ、彰悟を押し返さなくてはという理性が崩れ去ってゆく。むしろ貪欲に喜悦を欲し、海音は閉じようと足掻いていた膝から無意識に力を抜いた。

「は、……ぁ、ァ、あ……ッ」

暗がりで、二人分の荒い呼吸と淫らな水音が奏でられる。

戦慄く腿は、もはや抵抗を放棄して、だらしなく左右に広げられていた。

愛しい男の頭に手を乗せ、海音は初めて知る法悦を味わう。思いの外柔らかな髪が指に絡み、その心地よさにも酔いしれた。

克樹が起きないよう声を我慢しなくてはと思い、必死で口を引き結ぶ。だが声を堪えた分、愉悦が逃せなくなり、体内では荒ぶる嵐になった。

「んぅうッ……ぁ、あ、ぅあ……ッ」

淫蕩な水音が大きくなる。それだけ自分の身体が快感を得て、愛蜜を溢れさせている証拠だ。

すっかり膨れ慎ましさをなくした蕾は捕らえやすいのか、歯で甘噛みされ、彼の口内に吸い上げられる。眼前に幻の光が弾け、海音は手足を痙攣させた。

「んん……ッ」

頭の中が白に染まる。走った直後のように呼吸が整わない。苦しいのに何度も押し寄せる絶頂の波が海音を解放してくれず、指先も爪先も強張ったまま。

初めての恍惚はあまりに甘美で、情報処理がとても追いつかなかった。

「カイ」

茫洋とした視界の中で、いつの間にか膝立ちになった彰悟がこちらを覗き込んでいた。

「あ……」

彼の唇が濡れている。唾液だけでないことは、海音にも分かった。

それが申し訳なくもあり羞恥を煽るのに、嬉しくもある。好きな人が自分に対し、こんなことまでしてくれるのかという喜び。特別な相手を汚しているのが自分だという興奮。

停電で日常から切り離された漆黒の闇が、海音を束の間大胆にする。いつもなら考えられない積極性で、濡れた瞳を瞬かせ、誘惑の意図をもって唇で弧を描いた。

「……彰悟さん……」

拙い誘いは、それでも効果を発揮したらしい。

唸りに似た声を漏らし、彼が海音に覆い被さってくる。狭いソファーの上で折り重なり、初めて真下から彰悟を見上げた。

顔の両横につかれた男の腕が、さながら檻だと感じる。

海音を逃すまいと築かれたもの。けれどそんなものがなくても、今夜はどこにも行くわけがない。むしろ自主的に囚われていたかった。

――一度だけでもいい。夢を見せて。

切ない願いを込め、彼の頬に手を伸ばす。触れた指先は他者の熱に戸惑い、数秒空中をさまよった。

そんな海音の手を、彰悟が握ってくれる。流れるように片手を深く繋ぎ、彼が上体を倒してきた。

「君に傍にいてほしい。この先も、ずっと」

頷きたいのに、これ以上の嘘を重ねたくなくて、海音は曖昧に首を振った。

この暗さではどちらにも解釈できるよう、あえて。

彰悟に対し誠実でいたい気持ちと、手遅れなのを責める罪悪感が拮抗している。結果、首肯も拒絶も海音にはできなかった。

濡れそぼった入り口に硬いものが触れたが、それが何であるか考えるまでもない。

訪れる痛みを覚悟し、海音はぐっと奥歯を噛み締めた。

「カイ……」

彼の切っ先が泥濘に沈められる。狭い蜜道を引き裂くように楔が入ってくるのを、呻きそうになりながら懸命に堪えた。

苦痛の声は上げたくない。この幸福な夜に疑念の種を蒔きたくなかった。

己の罪深さを熟知している分、臆病にもなる。狡いことは承知の上で、繋いでいない方の手を力いっぱい握り締めた。

「……っく」

身体の中心を焼かれるよう。痛みと圧迫感に自然と身体が逃げを打つ。肘置きのあるソファーであることが、今は幸いだったかもしれない。

逃げ場がないおかげで、海音はみっともなく足搔かずに済んだ。

「カイ……力を抜いて」

「……っ、は、はい……っ」

返事ができた自分を褒めてやりたい。呼吸を繰り返すことで、どうしても強張る身体から余計な力を抜いた。

初めての体験は怖い。けれどそれを上回る渇望もある。

人を愛すると欲張りになるのだと、海音は初めて知った。もしかしたら、空音もそうだったのかもしれない。

冷静に考えれば愚かな選択だったとしても、その瞬間は最善だと思える道だったのでは。もしくは選ぶ余裕もなく求めた結果が『一人で克樹を産む』だったのか。

――だけど……ソラが真剣に人を愛したことは、理解できるよ……

こんな熱い想いを無視することなんてできない。唯一無二の相手に出会って、ひと時でも共に過ごすことができたなら、それは幸せと呼んで間違いなかった。

心が重なれば身体も一つになりたくなるのが当たり前。別離が見えている海音でさえ、立ち止まることは不可能だった。結婚を夢見ていた二人なら、尚更だろう。

「……っつ」

彰悟が何度か腰を前後させながら、海音の内側へ入ってくる。

無垢な淫路が軋みを上げ、存分に潤っていても、想像以上の質量に海音の全身が悲鳴を上げていた。

「……辛い？　カイ……」

「へ、平気……です。随分久し振り……だから」

本当は初めてだが、彼が海音の額に口づけてくれたのが嬉しくて、嘘を吐くことができた。

「そうか……だったら、もっとゆっくりするべきだったな。ごめん、僕が悪かった」

「ううん、気にしないでください。……ぁ」

「せめて苦痛が和らぐように――」

彰悟の指先が彼を受け入れている場所のすぐ上に触れる。そこは、女の身体の中で最も敏感なところ。花芯を摘まれ擦られると、遠ざかっていた快感が戻ってきた。

「……ぁ」

「ここ、気持ちいい？」

「は……ぁ、あ……ッ」

優しく擦り合わされ、捏ねられて、小刻みに頷くことしかできない。

すると海音の奥から新たな淫液が滲み出た。

「じゃあ、ここは？」

「ひゃ……っ」

耳殻を舐められ、彼の舌先が耳穴に押し込まれる。

直接注がれる音や吐息、温度がゾワゾワとした官能を呼んだ。花芽を弄られるのとも少し違い、肩を竦めたくなるような悦楽。種類の違う卑猥さが、海音を震わせた。

「な、何で耳を……さっきも……」

「……夢でカイが悦んでいたから――」

「ゆ、夢?」

「あ、いや、何でもない。それより、こっちに集中して」

潤滑液を纏った指先に肉芽を摩擦され、喜悦が膨らんだ。根元から扱かれても、表面を叩かれても快楽の水位が上がる。

「ぁあ……っ」

とろりと太腿を伝う生温い滴が、痛みが和らぎつつあるのを教えてくれた。

「カイのここ、健気に大きくなっている」

「や……そんなこと言わないで……っ」

己の淫らさを指摘されたようで、いたたまれない。それなのに彰悟が嬉しそうなものだから、海音の胸がときめいてしまった。

「んぁっ」

彼が体重をかけてきて、一気に蜜窟を突き進む。二人の腰が隙間なく重なり、彰悟の剛直を全て呑み込めたことを知った。

「は……カイ、大丈夫か?」

「……っ、は、い……」

痛みはある。だが幸いにも悲鳴を上げることは避けられた。それに彼が海音を気遣ってくれたおかげで、想像よりはマシだったかもしれない。

しばらく彰悟が動かず、海音の内側が落ち着くまで待ってくれたことも大きいだろう。壊れそうだった心音が、次第に平素のリズムを刻みだす。蜜路の痛みも、段々と治まりつつあった。

——世界に二人だけみたい……

探れるのは、手の届く範囲だけ。

視界が捉えるものはぼんやりと闇に滲んで、僅かな情報しか得られない。

その分、五感の全てを彼に費やすことができた。

目も耳も匂いも触覚も、彰悟を感じ取る手段になる。味覚すらキスで彼を味わった。

たどたどしかった口づけは今や、夢中で貪るものに変わっている。

海音からも舌を伸ばし、水音を響かせながら絡ませ合った。

「ふ、ぁ……ん、んっ……」

身体の内側も外側も全部彼で満たされる。半身であった姉とだって、大人になってからここまで密着したことはなかった。

同じ血肉を分け合ったのでもない人と、何ものも隔てず抱き合うなんて不思議だ。どんな偶然や奇跡で、ただ一人の誰かを『特別』だと感じるのか。

——理屈じゃない。駄目だと分かっていても『堕ちる』ものなんだ……

握り締めていた拳を解き、彰悟の背中へ手を這わす。

彼の滑らかな肌と筋肉の隆起が感じ取れ、思わず海音の口元が綻んだ。

表情が和らいだことが肉体にも変化を及ぼす。痛みは、かなり遠退いていた。

「……カイ、動いていいか？」

「はい……大丈夫です」

彰悟の汗が降ってくる。至近距離で見た彼はいつも通り表情が乏しくても、僅かに寄せられた眉根や赤くなった耳から感情を伝えてくれていた。

海音のために必死で耐えていてくれたことが見て取れる。本当はすぐにでも動きたかったに違いない。けれどこちらが落ち着くのを、じっと見守ってくれていた。

それが心の底から嬉しい。自分本意ではなく、気遣い労わってくれている。言葉より雄弁な眼差しは、愛情が満ちていた。

海音の反応を見逃すまいとしているのか、視線をこちらに据えたまま彰悟が緩やかに腰を引く。傷痕を抉られる痛苦はあったが、それよりも見つめ合える喜びが勝った。

「……ぁッ」

「カイ……」

同じリズムで揺れながら、手脚を絡ませる。爛れた内壁が彼の楔をしゃぶり、歓迎の意を示した。

まだ奥を突かれると苦しいけれど、微かな快感もある。擦られる場所によっては、見知らぬ喜悦が掘り起こされた。

「……あ、ぁ……」

腹の中を穿たれ、粘膜を摩擦される。大きな身体に包み込まれる安心感が海音から苦痛を取り払っていった。

再び花芽を捏ねられて、爪先が丸まる。漏れ出る艶声は、彰悟の口内に吐き出された。

「……克樹が、起きてしまう」

「ん……ッ」

激しさはない。じっくり愛情を確かめ合うような行為だった。

瞳で、手で、吐息で想いを伝え合う。言葉にできないことも、素直に表現できた。いや、音にできない分、より饒舌になる。

渇望を乗せた眼差しで相手を搦め捕って、四肢を互いの身体に巻きつける。離れまいと態度で示し、滾る呼気をキスで注いだ。

あらゆる体液がどちらのものか分からなくなるまで混ざり合い、二人の肌を濡らしてゆく。滑りを借りて、より大胆に睦み合った。

「は……ぁ、……ん、ァッ」

「ずっとこうしていたいな……」

「や……無理……っ、変になってしまいます……っ」

今や天秤は完全に『痛み』から『快楽』に傾いていた。

繋がる局部からはひっきりなしに淫蕩な水音が奏でられている。肉を打たれる度に、海音は悦楽を覚えさせられた。

「なってもいいのに」

「そんなの……っ、駄目です……っ、ぁ、あ……」

愛蜜が掻き出され、花芯が擦られる。

大きな波がやってくる予感に、海音の両目から涙が溢れた。

「あ……っ、も、もう……」

「いいよ、好きなだけ感じて」

体内が収斂するのを感じる。彰悟の形がはっきりと伝わってくる。彼の楔が更に質量を増したことも、鮮明に分かった。

「ぁ、ああッ」

海音の弱い場所を捉えた切っ先が、繰り返しそこを小突き回す。

こちらが何も言わなくても、そこが弱点であるのは暴かれていたらしい。全て観察されていたのだと思い、恍惚が増した。

「彰悟さん……っ」

海音を抱きしめた彼の動きが速まる。

室内に響く淫音も激しくなった。耳からも接触した場所からも、互いの果てが近いことが感じられる。共に高みに駆け上がりたくて、海音は蜜洞に力を込めた。

「……っ、カイ」

「い、一緒に……っ」

掠れる声で必死に告げれば、短い言葉でも意味は通じたらしい。

苦笑した彰悟が海音のこめかみに口づけてくれた。

「……滅多に願い事をしてくれない君の、珍しいお強請りだ。いいよ。全力で叶える」

「あ……ひぁッ」

汗を飛び散らせる勢いで、彼が動き始めた。視界がこれまでとは比較にならない激しさで上下に揺れる。

不安に駆られ海音が彰悟にしがみ付けば、彼の胸板で乳房の頂が擦られた。それがまた新たな愉悦となり、余計に髪を振り乱さずにはいられなくなる。

「や、ァああっ」

体内が掘削され、蜜液が掻き出される。じゅぷっと淫音が耳を犯し、それすら快楽に薪をくべた。

めちゃくちゃに揺さ振られ、下手に喋れば舌を噛んでしまいそう。

汗まみれの肢体を擦りつけ合えば、一層官能が荒ぶった。

「ぁ……あああッ」

今までで一番の高みに放り出され、海音は強く目を閉じた。

もう声を堪えなくてはという考えは頭の中から抜けている。幸いなのは、絶大な法悦のせいで逆に大きな声が出なかったことだ。

身体の奥が不随意に戦慄き、彰悟の肉槍を強く抱きしめる。

すると低く呻いた彼が歯を食いしばったのが感じ取れた。

――あ……

淫窟で、彰悟の剛直が力強く跳ねる。薄い被膜越しに彼が欲を解放したのが分かった。

――避妊……してくれたんだ……

不慣れなことと、無我夢中だったことで、海音はそこまで気が回っていなかった。

今更ながら避妊のことに思い至り、反省する。だが同時に、少しだけ残念にも思う。

彼の性格上、海音を気遣った選択なのは疑う余地もない。それでも、自分との間に子どもは望んでいないと言われた錯覚を抱く。

ただの被害妄想に過ぎなくても――寂しいと実感していた。

――万が一、実を結んだら困るのは私なのに……ソラ、貴女も同じ思いだった……？

好きな人と直接繋がり、その先に『家族』を得たいと熱望しても、不思議はない。姉のことは、海音が一番よく知っている。別れを選んだ恋人の子どもであっても、宿った命を摘み取るなんてできるはずがなかった。

――私だって、もし彰悟さんとの赤ちゃんができたら……きっと産みたいと願う。疎まれることを恐れ、ひっそりと去ることになったとしても。

海音は今ようやく、本当の意味で空音の思いが理解できた気がした。

恋の前に人はこんなにも愚かだ。盲目的に一瞬の喜びを選んでしまう。それでも――きっと後悔しないと思えた。

――好きです、彰悟さん。

彼の腕に包み込まれ、狭い空間で身を寄せ合った。寒さも不自由さも感じない。あるのは、圧倒的な至福だけ。

たとえ刹那の幻だとしても、この記憶さえあれば生きていける。

涙がこぼれた理由を知られたくなくて、海音は無言で彰悟の胸に顔を擦りつけた。

「カイ……ずっと傍に……」

向かい合って横臥するにはソファーが狭く、危うく二人揃って転がり落ちそうになる。笑う彼に海音は抱え直され、座った彰悟へ寄りかかる体勢にされた。裸の身体に、脱ぎ散らかしていた服がかけられる。

「眠っていいよ。もう少ししたら、シャワーを浴びよう。その頃にはきっと停電も解消している」

「……ぁ、先に浴びてください。私はもう少し休んでからにします」

「一緒に入らないのか？」

共に入浴するのがさも当然とばかりに言われたが、海音は慌てて首を横に振った。

「それは、駄目です」

明るい中で裸を晒す勇気はない。しかも、もう一つ避けたい理由があった。

そんな海音の葛藤を見透かすように、突然室内の明かりが灯る。玄関や廊下も全て光に照らし出された。

「あ……」

「すごいタイミングだ」

天井を見上げる彼の目を盗み、海音はそっとソファーの上で移動した。初めての証である、血の跡を隠すために。

「——どうぞ、バスルームを使ってください。私は少し休んでからでないと、無理そうなので。バスタオルなどは洗濯機横の棚にあります。使ってください」

「そうか……じゃあ、お言葉に甘えて」

どうにかごまかせたことにホッとして、海音は彰悟の背中を見送った。

身体のあちこちが軋みを訴えているが、ぼんやり休んではいられない。腰を摩りつつ、起き上がった。

た。

「あ……」

うまく膝に力が入らず、床にへたり込む。それでも近くにあったティッシュを引き寄せた。

——あまり出血しなかったみたい……

これなら拭っておけば大丈夫そうだ。掃除のしやすさを優先した合皮のソファーを選んでおいて、本当によかった。

——でも、もう引き返せない……取り返しがつかないことをしてしまった……ソラ、貴女の名誉を傷つける真似をして、ごめんなさい……

海音は複雑な幸福感と罪悪感の狭間で涙をこぼした。

5　嘘と真実

幸福か不幸かは、自分自身が決めるもの。

最近、そんな言葉が海音の中で巡っている。

理由は、許されない嘘で塗り固められた世界で、歪な幸せを噛み締めているからに決まっていた。

きっといつか自分は罰を受ける。

傷が浅いうちに立ち去るべきだ。今なら、『本物の空音ではない』という最大の偽りを暴かれることなく、穏便に克樹を沢渡の家に託して海音は姿を消せるかもしれない。

甥っ子は美佐子たちともうまくいっている。どこからどう見てもごく一般的な祖父母と孫だった。心配する必要もないくらい打ち解けて、頻繁に行き来している。それだけでなく彼らと出かける回数が増えていた。

現役で働いている勝とは美佐子ほど共に過ごす時間が長くはないが、それでも克樹は『お祖父ちゃん』と慕い、勝も孫を溺愛しているのを隠そうとせず、携帯の写真フォルダは克樹で埋め尽くされているそうだ。

——私が静かに身を引けば……それが最良だと私だって分かっている。克樹を傷つけずに済むし、彰悟さんに軽蔑されずいい思い出のまま終われるもの……

去り難いなんて言っている場合ではない。

いくら初めて手にした居場所が心地よくても、ここは海音が居座っていいところではなかった。嘘はいずれ必ず露見する。

必死に糊塗しようとするほど雪だるま式に大きくなって収拾がつかなくなるのだ。

——そうなる前に、自分で幕を引かなくては。

分かっている。重々理解している。けれど一歩がどうしても踏み出せない。

近頃の海音はその繰り返しだった。夜通し思い悩んで結論を出した気になっても、翌日克樹の顔を見て、彰悟に会ってしまえば決意が揺れる。

今日も三人で出掛ける機会に恵まれ、引き裂かれる心を持て余していた。

「ママ、どうしたの？」

物思いに耽っていた海音は、下から克樹に顔を覗き込まれ我に返った。

右手は甥っ子と繋いでいる。少し前を歩いていた彰悟も、立ち止まってこちらを振り返った。

場所は動物園。半分ほど園内を回ったところだった。

三人での外出に、以前はあった微妙な緊張感はもはやない。回数が増えるにつれ、『日常』に溶け込みつつある。

海音と彰悟との関係も大きく変わった。

あの停電の夜以来、二人は『親族』や『知り合い』から完全に逸脱している。肌を重ねた回数は、片手では足りないが両手の指でなら足りる程度。

世間一般的に考えると、『恋人』と呼べなくもなかった。ただ、決定的な言葉がないだけで。

それでも彼の醸し出す空気は明らかに変化していた。

まず距離が近い。一緒にいる時には、身体のどこかが触れていることは珍しくなく、偶然肩がぶつかった際などに驚かなくなった。

何ならそのまま隠れて手を繋ぐことすらある。勿論、克樹には分からないように。

呼びかける声、見つめる瞳には、ごまかしようのない甘さが滲んでいる。常に彰悟の視線が自分を追っていると感じるのは、勘違いではないはずだ。

ただしそれらは彼をよく知り、観察していなければ感じ取れない微細な変化だった。

つまりそれだけ海音も彰悟を気にしている。目だけではなく、気配を探り、頭の片隅でいつも彼を想っている証左に他ならなかった。

「……確かに顔色がよくない。何か気になることでも？」

「え……い、いいえ。何も……」

「もしかしてお腹空いたの？」

無邪気に笑う克樹に、涙腺が刺激された。

「……ううん、大丈夫。ちょっとぼんやりしちゃっただけ。ごめんね」

「そうなの？　本当？」

「疲れているのかもしれない。今日はもう帰ろうか。――克樹、代わりに次の休みには好きなところに連れていくから、今日はママを休ませてあげよう？」

「うん……ママが元気ないと、ぼくも嫌だもん……」

そう言いつつ、今日のお出かけを楽しみにしていた克樹は残念そうだ。甥っ子の落胆を感じ取ったのか、彰悟が克樹の前にしゃがみ込んで幼子の頭を撫でた。

「優しいいい子だな。帰りにアイスを買ってやる」

「本当？　じゃあね、チョコのやつ！　あ、でも……ソフトクリームも食べたいな……」

「特別に三つまで許す。ただし今日食べていいのは一つだけ」

「……！　叔父さん、大好き！」

甥と叔父の関係も良好だ。ひょっとしたら克樹は祖父母よりも彰悟に懐いているかもしれなかった。

大喜びしてその場で飛び跳ねる克樹を微笑ましく見守る。

本物の親子ではないけれど、家族にしか見えない。大好きと言われて嬉しかったのか、彰悟は克樹を肩車した。

「ママを思いやれる優しい子にはご褒美をあげないとな」

「わぁ！　すごい、ぼくママより背が高くなったよ！」

歓声をあげた克樹がキラキラした眼差しで海音を見下ろしてくる。

四歳としては身体の大きい克樹はその分体重もすくすく育っており、海音の体力では肩車は難しかった。

だから余計にはしゃいでいるのだろう。大興奮で周囲を見回している。

父親の存在を知らない克樹にとって、彰悟の存在は大きいに違いない。どこから見ても幸せな家族だった。

――こんな光景を目にしたら、欲が出てしまう……もっと彼らの傍にいたい。この先もずっと……何で私が克樹の母親じゃないのかな……？

空音を羨む自分がいることに驚き、狼狽する。

大事な姉はもうこの世にいないのに、醜い思考を抱く海音自身が信じられなかった。

こんなことを考えてはいけないと己を戒めても、一度抱いた嫉妬は燻り続ける。心底自分を嫌いになりそうで、海音は緩く頭を振った。

「――カイはどこか行きたいところがある？」

「え？　私……ですか？」

彰悟が何故克樹ではなく自分にそんなことを聞いてくるのか分からず戸惑っていると、克樹を肩車したまま彼が海音の隣に並び、通路の傍らに設置されたベンチに促された。

「座って。ちょっと休んでから、出口に向かおう」

「もう大丈夫ですよ？」

「それでも心配だ。カイは少し無理をし過ぎるところがある。責任感が強くて頑張り屋なところは尊敬しているけど、無茶をしてほしくない」

優しく諭され、胸が温もる。

誰かに案じてもらえるのは幸せなことだ。空音を亡くしてからは、克樹以外に随分久し振りだった。

「どうせなら、ママも興味がある場所に行ってみたいよな、克樹？」

「うん！　ママはどこに行きたいの？」

海音の返事を待ち望む二人の視線に、軽く困惑する。そんなこと、海音は考えたことがなかった。

「え……私は小さい頃にあまり遠出したことがないので、すぐには思いつきません」

施設では、季節ごとのイベントはあっても、皆で外出なんて到底無理だった。だから『行きたいところ』など考えるだけ虚しく、いつしか海音は諦めを先に覚えたのだと思う。県外に出たのは、修学旅行のみという有様だ。世間には楽しい行楽スポットがあるのだと知識は持っていても、そこ止まり。自分が訪れるという発想はなかった。

「……そう。だったら、懐かしい場所はないか？　例えばいい思い出があるような」

「思い出……」

刹那、海音の脳裏に鮮やかな映像がよみがえった。

四季折々に景色を変え、自然豊かな田舎町。

人生の大半を過ごした施設の裏手には、小さな神社を要する小山があった。

そこで、空音と共によく遊んだ。意地悪な子どもから逃げ、悲しいことや辛いことがあると、ほんの数時間余りの『家出』を繰り返したものだ。

その僅かな気分転換が、姉妹の息抜きでもあった。

「……幼い頃、寂れた神社でよく時間を潰しました……——誰よりも大好きだった……友達と、一緒に……」

本当は友達ではなく掛け替えのない姉だ。だが、それは絶対に言えない。

海音は己の半身を思い描きながら、遠い昔の記憶を手繰り寄せた。

「すごく古い神社だったんですが、地元の方々が掃除し大事に維持していました。社はかなりくたびれていましたけどね……でも苔や生い茂った大木が私はとても好きでした。静謐で、空気が浄化されている感覚があって……友人も、同じ気持ちだったと思います」

空音もあの場所を気に入り、何だかんだと入り浸っていた。

「そういえばあそこにはヤマボウシという木の実がなっていました。彰悟さんはご存知ですか？　ヤマボウシ」

「いや……どんな木の実だ？」

「私も詳しくは知らないのですが、とげとげとした赤い実で、とても甘いんです。あの当時は、おやつ代わりにしていました。都会にも街路樹などで植えているところもあるようですが……薬剤が散布されているので、迂闊に口に入れるのはお勧めしません。ソ……友人が都会に出てから懐かしむので、何度か送ったことがあります」

「とても仲がいい友達なんだな」

彰悟の言葉に曖昧に笑み返し、海音は空音を思った。

姉は、あの素朴な木の実が大好きだった。都会でもっと美味しいものを食べる機会もあっただろうに、昔姉妹で口にした味が忘れられなかったらしい。事あるごとに『また食べたいな』と言うものだから、海音は秋頃に集めて送ってやった。

今思えば、もっと沢山食べさせてやればよかったと後悔しきりだ。

「……そうですね……誰よりも大事な……――親友でした……」

「過去形、なのか？」

「……今はもう……会えない人なので……」

詳しく聞かれたら返答に困ると思ったが、彰悟はそれ以上問い詰めてはこなかった。憂いを含んだ海音の様子に、察するものがあったのかもしれない。

――……ソラにとっても大切な思い出の味だったんだよね……

手間なんて惜しまず、毎年送ってやれなかったことが悔やまれる。

自分はいつも後から『あの時何故もっと』と考えてばかりだ。過去に戻れるならと無意味な妄想をしてしまう。後悔の多い人生だと思った。

「ヤマボウシか……」

「栽培されたフルーツとは違うので、素朴ですよ。でもちょっとマンゴーに似ているそうです。私は南国フルーツを食べたことがなくて比較できませんけど」

「カイも、……その友人も、好きだったんだ？」

「はい。二人にとって秋のお楽しみでした。特に彼女は、大好物でした。熟した実を見つけるのも上手で……あの神社には他にも色々な植物がありました」

話しているうちに、だいぶ気分がよくなり、海音の顔色も改善した。

当時の思い出をポツポツと語る。彰悟は笑顔で相槌を打ってくれた。克樹は『山の帽子って何？』と可愛い疑問を差し挟んでくる。

決して戻らない過去を偲び、幸せで穏やかな時間が流れた。

「――そうだ。今度、うちの両親も一緒に皆で食事会をしないか？」

「食事会……？」

和んだところで、克樹を肩車して立ったままの彰悟が突然の提案を口にした。

「実は、母からカイも是非一緒にとせっつかれているんだ」

「美佐子さんが……？」

「勿論父も望んでいる。君は二人に克樹との時間を設けてくれるけれど、カイ自身はほとんど参加しないだろう？」

それは自分がいては彼らの距離が縮まらない可能性があると思っていたためだ。

異物は、極力関わらない方がいい。大事なのは、克樹を任せるのに不安がないのを確かめること。海音が親しくなる必要はないと考えていた。

――それに……お二人の為人を知れば、私にも情が湧いてしまう……だって、とてもいい人たちなんだもの。今より離れ難くなったら、あまりにも苦しすぎる。

どんどん欲が膨らんで、ふとした瞬間に『自分にもこんな両親がいてくれたら幸せなのに』と考えること自体が恐ろしかった。

「私は……遠慮します。克樹だけお願いします」

「そう言わず。君が嫌なら強制はできないけど、僕らは家族じゃないか」

だとしたら、尚更海音に参加資格はないと思った。克樹とは血の繋がりがあっても、自分と沢渡の家とはほぼ無関係だ。厚顔無恥に乱入はできない。

「いいえ――」

「ぼくたち、家族なの？」

断ろうと海音が言葉を選んでいる隙に、克樹が無邪気に首を傾げた。まだ肩車されている甥っ子はご機嫌だ。

海音を高い位置から見下ろすのが楽しいのか、前のめりで脚を揺らした。

「こら、暴れたら危ないぞ」

「ねぇ、ぼくたち家族なの？」

同じ質問を繰り返し、曇りのない眼で海音と彰悟を見つめてきた。その眼差しには、答えを期待している雰囲気がある。

「ああ、家族だ。克樹とママ。お祖父ちゃんとお祖母ちゃん。それから僕は克樹のパパの弟。ね？　皆大事な家族だろう？」

「ふぅん……」

納得しているのかしていないのか、克樹は生真面目な顔をした。どうやら期待していた解答とは若干違ったようだ。

「どうしたの？　克樹」

何か不満があるのか気になって、海音は優しく問いかけた。甥に無用な我慢はさせたくない。ただでさえ不遇な目に遭っている。叶うなら、幸せだけを与えてあげたいのに。

「……おじさんがパパならいいのに」

息を呑んだのは、おそらく同時。海音も彰悟も瞠目して固まった。

落ちた沈黙を、別の家族連れの楽しそうな笑い声が埋めてゆく。それでも動けない。

近くの檻で鳥が甲高く鳴き、盛大に羽ばたいたものだから、ようやく二人の呪縛が解けた。

「……ぁ……アイス買わなくちゃね……」

「あ、ああ。行こうか」

克樹の興味は鳴き続ける鳥に移ったのか、もう自分の発言から意識は逸れているようだ。大人たちがギクシャクしているのには気づかないらしく『羽が綺麗だね！』と喜んでいる。

それとも――聡いが故に、空気を読んだのかもしれなかった。


後日、食事会の日がやってきた。

美佐子の強い希望を海音が断り切れず、頷いた形だ。

レストランではなく沢渡の家に招かれ、海音はある決意を固めていた。

——今日を区切りにして、少しずつ私はここを去る準備をしよう。

このまま留まり続ければ、永遠に立ち去れない。いつまでもさもしくしがみ付き、あれやこれや理由をつけて罪を重ねる予感があった。

偽りで作った世界が心地よく、知らぬうちに宝物になっている。

永遠に周囲を騙すことなど不可能なのに、現状維持ができるのではないかと夢見そうになっていた。

——克樹と彰悟さんを傷つける前に……最善の道を選ばなくちゃ。

愛しているから離れなくてはならない。大事に思うほど、一緒にいられないことがある。それをヒシヒシと実感していた。

「いらっしゃい、東野さん、克樹！　さぁ、上がって」

本日出迎えてくれたのは美佐子だ。彰悟は海音たちとマンションから同行していた。

「お邪魔します……」

「お邪魔します、お祖母ちゃん」

「ふふ、今日は克樹の好きなものをいっぱい用意したからね。東野さんも楽しんでいって。一応彰悟に貴女の好きなものは聞いておいたから……お口に合うといいんだけど」

「あ、ありがとうございます」

何度訪れても、圧倒される屋敷だ。

自分には不釣り合いに感じられ、落ち着かなくなる。しかし海音と違い、もう何度も遊びに来ている克樹は子ども用のスリッパを自主的に履き、元気よくリビングに駆け込んだ。

「お祖父ちゃん、ぼくまた背が伸びたんだよ。きりんさん組でぼくが一番大きいんだ！」

「そうか、そうか。克哉も身長が高かったから、克樹もきっと大きくなる」

勝は飛びついてきた克樹を難なく受け止め、ニコニコと相好を崩していた。

「ほらほら、二人は座って。お父さん、これを運んでくださいな。彰悟はこっちを切り分けてちょうだい」

美佐子にテキパキと指示され、男二人が動く。自分が手伝うべきかと海音が腰をあげると、美佐子に止められた。

「あなたたちはお客様。招待したのはこちらだもの。おもてなしさせてね。東野さんが遊びに来てくれるのは珍しいから、私本当に嬉しいのよ」

歓迎の意を全身で示してくれる彼女が眩しい。テーブルには既に、沢山の料理が並べられていた。中には克樹の好物だけでなく、海音が大好きなものもある。フルーツの盛り合わせにはマンゴーも交じっていた。

——彰悟さんに聞いたっておっしゃっていたな……好き嫌いをあまり口にしたことはないけど、知ってくれていたんだ。

海音をよく見ていなければ、分かるはずがない。

「──ごめん。季節的にヤマボウシは入手できなかった。代わりにならないかもだけど、マンゴーで許してくれ」

「そんな……あんな何でもない話を気に留めてくださったんですか？　それにこの時期、マンゴーだってあまり売っていませんよ……」

共に過ごした時間の中で、彰悟がどれだけ自分を見つめてくれていたのかが、じんわり胸に迫った。

──ああ、嬉しい……美佐子さんにもこんなに温かく気遣ってもらって……私は何て幸せなんだろう。

同時に途轍もなく辛い。もしも空音が生きていたら、海音の出番はなかった。

仮に姉が生き返ってくれるとしたら、どんな犠牲でも払う覚悟があるのに、空音の不在を喜ぶ自分がいる。その事実が苦しい。

大切なものが増える度に、海音は自身が醜く変貌してゆくのを感じた。

欲望が肥大して、理性や良識が呑み込まれそうになる。いつか我欲のためだけに他者を踏みつけにして、平気な人間になってしまう恐怖があった。

──そうなる前に、行動しよう。

「さ、全員集まったわね。いただきましょう！」

食事会は問題なく始まった。

話題は尽きることがない。主に克樹が中心になって祖父母を笑わせている。時折彰悟も口を挟み、大いに盛り上がった。

「そうか、克樹は運動神経もいいんだな。機会があれば水泳や体操教室に通わせたらどうかな」

「あ……克樹が希望すれば通わせたいと考えています」

勝も海音に気を遣い、会話に引き入れてくれる。おかげで黙りがちにならずに済んだ。要所要所で彰悟が助けてくれることも、ありがたい。少しでも海音が分からない話題が出れば、さりげなく解説してくれる。ごく自然に両親と海音の間を繋いでくれた。

——温かいな……とても楽しい。これが家族の団欒というものなの？

ずっと憧れていた空間に、自分がいることが信じられない。まるで温かな湯に浸かっている気分だ。海音は躊躇いつつ心も身体も解けてゆくのを感じた。

「この前、三人で買い物に行ったんだ。そうしたら克樹が、今度は父さんや母さんも全員一緒がいいって言っていたよ。その方がきっと楽しいって」

「嬉しいことを言ってくれるな」

「まぁ……本当に克樹はいい子に育って……全部、貴女のおかげね。ありがとう、東野さん。——ねぇ、もし嫌でなければ……これからは東野さんではなく、空音さんと呼んでもいいかしら？　私、貴女のことを本当の娘のように感じているの」

海音も名前で呼ばれることに異存はない。しかしそれは、夢見心地だった気分に冷や水を浴びせるものだった。

何故なら自分は空音ではない。

その名を口にされる度『偽物』として糾弾されている気になるのは、避けられなかった。

「あ……その……」

だからすぐには頷けない。だが彰悟に告げたように『カイ』と呼んでほしいと言うのも躊躇った。あれは特別なもの。それに不自然だと疑問を抱く人もいるだろう。

「勿論、嫌なら断ってくれていいのよ。ごめんなさいね、気にしないでちょうだい」

海音の戸惑いを拒否と解釈したのか、美佐子が慌てて笑みでごまかす。その様子がいたたまれず、海音は何か言わねばと息を吸った。その時。

「——おばさま、謝る必要なんてありませんよ。だってその方は、空音さんじゃありませんもの」

リビングの扉を開き入ってきたのは、日菜子だった。

この場で、海音よりよほど堂々としている。沢渡家の娘だと言われれば、疑いなく信じてしまいそうな足どりで、臆することなく室内に入ってきた。

「日菜子、急にどうしたんだ」

「連絡をせずお邪魔してごめんなさい、おじさま。ですがどうしてもお伝えしなくちゃならないことがあって、押しかけました」

この場にいる半分以上の人間は、意味が分からず唖然としている。

だが海音だけは恐怖で硬直していた。

――今……日菜子さんは何て言った……？

聞き間違いであればいい。虚しい期待に縋り、瞳を揺らす。けれど敵対心を剝き出しにした彼女の視線とぶつかり、海音は呼吸を忘れた。

「日菜子ちゃん、あのさっきのはどういう意味……？」

不穏な空気を僅かでも薄めたいのか、美佐子が殊更明るい声を出した。

しかしそんなもので払拭される段階は、とうに過ぎている。凍りついた時間の中、日菜子が陰惨な笑みを唇に乗せた。

「そのままの意味です、おばさま。そこにいる人は空音さんじゃない。克樹君の産みの母親でもない。偽物です」

断罪は、予告なく訪れる。

全て終わったのを悟り、海音は唇を震わせた。

「日菜子、何を言っているんだ？　克哉の残した写真には間違いなく空音さんが写っていたし、克樹は疑う余地もないくらい克哉にそっくりじゃないか」

「その通りです、おじさま。だからこそ私たちも騙されたんです。克哉さんは確かに『東野空音』さんとお付き合いしていましたし、彼女は一人で子どもを産んだ。そこは真実です。でも——ここにいるこの人は空音さんではなく、双子の妹の海音さんです。空音さんは何年も前に亡くなっていました」

室内がシン……と静まり返る。誰も身じろぎ一つできない。

ぶちまけられた真相がうまく頭に入らないのは、明白だった。

「——ですよね？　東野海音さん。貴女は克樹の叔母ですよね。どうして母親だなんて嘘まで吐いて、この家に乗り込んできたんですか？　目的はお金？」

言いたいことは沢山ある。

そもそも、海音は彼らに会うことに乗り気ではなかった。正直に言えば、関わり合いたくもなかったのだ。

金についても、援助があればありがたいと考えたけれど、積極的に要求するつもりなんて欠片もなかった。抗えない流れで、この場にいきついてしまっただけだ。

海音が犯した罪は一つ——克樹と引き離されることを恐れ、母親を騙ったことだった。

「言い訳があるなら、聞きますよ」

「私は……」

「でも恥ずかしくないんですか？　亡くなったお姉さんに成りすまして、甘い汁を啜ろうなんて……人として最低だと思います」

反論なんてできるわけがなかった。自分でも幾度となく、己の浅ましさに懊悩していたのだ。

空音の居場所と権利を奪い、少しでも長くこの幸せを味わいたいと望んでしまった。それが罪悪でなく、何だと言うのか。

本当なら今日だって、覚悟を決めたなら速やかに去ることを皆に告げるべきだった。しかし結局は口を噤んでいたのと変わらない。

全て先延ばしにし、どうすれば真実を知られぬまま形だけでも『克樹の母親』として皆の記憶に留まれるかを考えていた。

——私は最低だ……

何より、こんな場面を克樹に見せてしまった。

母親だと信じている相手が人前で責め立てられ、あまつさえ偽物だと暴かれて、平気でいられる子どもがいるはずがない。

どれだけショックを受けているか、克樹の顔を見る勇気はとてもなかった。

「日菜子ちゃん、いったん落ち着きましょう。色々急過ぎて、混乱してしまうわ、どうしていきなりそんなことを言い出すの」

「いきなりではありません、おばさま。実は私……生前の空音さんと会ったことがあります。彼女は当時、克哉さんとの交際に悩んでいました。生まれも育ちも差が大きくて、うまくやっていく自信がないと、相談されていたんです」

「日菜子、お前は克哉に恋人がいるのを知っていたのか……？」

「はい。ですが二人から口止めされていました。しばらく見守ってくれって。だから私は、おじさまたちに打ち明けられませんでした。その件は謝ります。すみません」

眼前で交わされる会話が海音の耳を通過してゆく。

何も頭に残らない。絶望感だけが際限なく広がってゆくのを感じていた。

「だからこの人が克樹君を連れてきた時から、違和感がありました。五年前とあまりにも印象が違っていて……それで、先日カマをかけてみたんです。昔は私のことを『ヒナさん』って呼んでいたでしょって。そうしたら、まんまと引っかかってくれました。私は空音さんに『日菜子さん』としか呼ばれたことがありません。でもこの人はあっさりと私の嘘を信じた」

少し前のやり取りを思い出し、海音は己の迂闊さを呪った。だが今更、全ては手遅れだ。何もかもがもう遅い。

取り返しのつかない失敗で、最悪の事態を招いた。全部、自分の責任でしかない。

誰を罵ることもできず、最後の審判を待つ心地だった。

「それでこの人は空音さんじゃないって確信を持ちました。色々調べるのに時間がかかって、今日になってしまいましたけど……彼女が偽物だという証拠もあります」

高らかに宣言され、さながら今の海音は追い詰められた悪役だった。

もう逃げ道はない。

——悪いのは、私一人。

グズグズしていたから、いけない。さっさと決心して克樹を祖父母に託せばよかった。

そうすればせめて自らの手で宝物をズタズタに引き裂かずいられた。

克樹の心に、致命傷を負わせていなければいい。海音が願うのは、それだけだった。

——私が卑怯で臆病だから、全部台無しにしてしまったんだ……

「ママ……？」

涙声で呼びかけられ、海音の中で何かが弾けた。

とてもこの場に留まることはできない。その権利も資格もない。全ては海音自身の咎。

代償を払うべきは、己以外にいなかった。

「……ごめんね、克樹……っ」

立ち上がったのは無意識。何も手に取らず飛び出したのも、考えた末ではなかった。

ただ心の片隅に、『こんな女に大事な孫を任せられない』と思ってもらえれば、克樹だけは大事に保護してもらえるという狡い計算はあった。

「カイ！」

彰悟の声が聞こえたけれど、振り返らず家の外へ出る。どこをどう走ったのか、まるで思い出せない。

ただ『逃げたい』気持ちに従って、がむしゃらに駆けた。

喉からは血の味がしている。それでも海音は立ち止まれず、あてもなくさまよった。

少しでも遠くに。誰も知らない場所へ。そんな都合のいい場所はこの世のどこにもないのに。

いつの間にか空は夕暮れの気配を帯びていた。

——終わった。全部終わった……

守りたかったものをめちゃくちゃにしたのは、海音自身だ。日菜子ではない。

彼女はきっかけに過ぎなくて、責任は全て自分にあった。遅かれ早かれ訪れる事態を拗らせたのは、海音以外の何ものでもない。

——母親を気取っていたくせに、克樹を置いて飛び出してしまった……

最初から最後まで最低最悪な女だと自嘲する。だが美佐子たちなら、安心してあの子を任せられるとも思っていた。

——きっと愛してもらえる。私より……安定した将来を与えてあげられる……

だからこれで正しかったのだ。

もっと綺麗に幕引きできればよかったけれど、それは海音の都合でしかない。もしかしたら克樹にとっては、できるだけ早い段階で沢渡の子どもになった方が望ましかったのでは。

――習い事だって、私が支払える月謝はたかが知れている……お二人なら最高の先生を克樹につけてあげられるものね。

父親代わりの彰悟だっている。海音が傍にいなくても、何も問題ないではないか。

――彰悟さんならいつか必ずもっと相応しい相手が見つかる。あの人が選ぶ女性なら、克樹のことも大事にしてくれるに決まっているわ。だったら、母親役は私じゃなくても構わないじゃない……

考えるほど己の不要さが際立った。

ひょっとしたら初めから自己満足だった可能性もある。克樹には自分が必要だと思い込むことで、幼子に縋りついていただけ。本当に一人では生きられないのは、誰より海音の方。克樹を失うことを恐れるあまり、認識を歪めてしまった。

今は辛くても、これでよかったのだと自身に言い聞かせる。けれど一向に涙が止まらない。嗚咽までこぼれ、海音は自らの手で顔を覆った。

「……ごめんね、ソラ……貴女の名誉も穢してしまった……」

こんな非常識な妹がいると分かれば、姉の評判だって傷つく。いったいどんなとんでもない女だったのだと誤解されても不思議はなかった。

――克樹まで悪く言われませんように……

自分が言えた義理ではないけれど、心の底から願わずにはいられない。

一生分の祈りを込め、海音は両手を組み合わせた。

神様なんて信じていない。けれど他に縋れる先もなかった。もう自分には何も残されておらず、空っぽだ。

のろのろと足が止まり、海音はオレンジ色に染まった空を仰ぐ。

今夜は白い月もろくに見えやしない。曇って、どこかぼやけていた。

――どこに行こう……居場所なんてどこにもないけど……

今こそ姉の待つ場所へ逝ってもいいのかもしれない。そんな誘惑が海音の心を過る。本当なら四年前にそうなっていてもおかしくなかったのに、踏み止まれたのは克樹がいてくれたおかげだ。

けれどもう、最大の理由はなくなった。

――だったら……もういいよね？　ソラ……会いたいよ。

涙で霞んで視界がたわむ。薄暗くなったことで、周囲の景色も滲んでゆく。住宅街からは外れ、いつしか寺か神社の境内にさまよい込んでしまったようだった。

――都会の真ん中でも、こんなに緑が多い場所があるんだ……まるで、施設の裏手にあった神社みたい……少しだけ、懐かしい。

吸い込んだ呼気に木や土の匂いを嗅ぎ取って、海音は足の痛みに気がついた。

実際には随分前から靴擦れが悪化していたようだ。だが心と身体が乖離していて、全く認識できなかった。それでも自覚すれば、このまま歩くのは耐え難い。

海音は踵を庇いながら座れる場所を探し、苔むした石段に腰かけた。

——こんな時に痛みなんて気にして、馬鹿みたい。

パンプスを片方脱ぐと、血が滲んでいた。踵はズキズキと痛み、ストッキングが擦れるのも辛い。

——血が固まったら、剝がす時に痛そうだな……でも、どうだっていいや……

どこにも行く当てがなく、漫然と歩き回った結果、幼少時代を思い起こさせる場所に辿り着くなんて、皮肉な話だ。

過去を懐かしみはしても、海音はあの頃に戻りたいとは思っていない。にも拘わらず、心の奥で帰りたかったのかもしれない。

——ソラに、会いたいな……

いいことも、悲しいことも、その全ての記憶の中に空音がいる。

今隣に姉がいてくれないことが辛くて仕方ない。本当に独りぼっちになったのだと——

海音の両目から涙が溢れた。

「ソラに傍にいてほしいよ……っ」

「――僕じゃ駄目か？」

反応を期待したのではない慟哭混じりの声に返事をされ、海音は目を見開いた。

涙が、頰を濡らす。夕暮れに沈む視界の中に、数時間前別れたばかりの男が立っていた。

「やっと、見つけた」

「……どう、して……」

何故彼がここにいるのか。海音自身この場所がどこだか分からない有様だ。行き先を告げず飛び出して、何の目的もなく歩き続けた結果辿り着いたのに、彰悟が自分を見つけられるはずがないと思った。

――幻覚……？

「本物だよ、カイ」

こちらの心を読んだのかと訝る言葉を告げられ、余計に狼狽した。

だが何度瞬きしても見える光景は変わらない。むしろ涙の膜が晴れ、視野はクリアになっていた。

「何も持たずに君は出ていったから、徒歩で移動できる範囲はたかが知れている。それにカイに土地勘はない。それなら無意識でも安心できる場所へ行くんじゃないかと思った」

「安心……？」

「前に君は、地元の神社を懐かしんでいただろう？　この辺りでそれに似ているのは、ここくらいだ。……まぁ、僕も焦るあまり、すぐには思い出せなかったけど……」

つまり彰悟は海音を案じ、必死に考えて海音の居場所を予測してくれたということか。

そして見つけてくれた。昔、一人で泣いていた海音を空音が探し出してくれたように。

「足を痛めたのか?」

パンプスを片方脱いでいる海音を疑問に思ったらしく、彰悟が歩み寄ってくる。逃げなくてはと咄嗟に身構えたものの、彼の動きの方が早かった。

「ひどい靴擦れだ……歩けないなら、背負っていく。だから、帰ろう?」

「帰る……?」

オウム返しになったのは、言われた意味が本当に分からなかったためだ。ぶつけられると覚悟していた台詞と全く違う。心底混乱し、海音は身体を後ろに引いた。

「帰る場所なんてない……」

「あるよ。克樹が待っている。僕だって」

まるで何事もなかったかのように穏やかな彰悟の様子が信じられなかった。

騙されたと激昂しても不思議はない。そもそも彼が海音を探し迎えに来てくれる理由が見つからないではないか。

彰悟にとって、自分は嘘吐きで非常識な女だ。目の前から消えてくれるなら、一番平和に決まっている。いっそ永遠に姿を見せるなと罵られた方が納得できた。

「……っ、戻れるはずがありません。日菜子さんが言っていたでしょう？　あれは……全部本当のことです。私は……空音じゃない。妹の……海音です……」

ついに言ってしまった。

抱えるには重過ぎて、圧死しそうだった真実を。

とても顔を上げて彼の目を見る勇気はない。きっと呆れて軽蔑している。

海音にそのつもりはなくても、子どもをダシにして沢渡家に寄生したと思われても仕方なかった。自分だって、いくら本当のことを並べ立てたところで言い訳じみていると思う。

言葉を尽くすほど空々しくなる。

本心からの言動も全部、打算塗れと糾弾されるに違いない。

克樹の母親には相応しくない、汚くて狡い、醜い人間だと――

「――知っていたよ」

頭を垂れ、彰悟から振り下ろされる鉄槌を粛々と待っていた海音は凍りついた。

確かに耳にした言葉が頭の中を上滑りする。問い返したいのに、身体も喉も動かない。

瞼すら完全に固まってしまったよう。愕然とし、ただ瞳を揺らした。

「……僕も最初は何も疑っていなかった。君は兄の元恋人で、克樹を一人で産み育ててくれたんだと信じていた。でも――」

そこで言葉を切った彼が海音の前にしゃがみ込んだ。

大きな手がこちらの頬に添えられる。柔らかな温もりに促され、ゆるゆると顎を上げる。絡んだ男の視線は、蔑みの色を湛えてはいなかった。

「カイが僕に身体を許してくれた時——君が初めてなんだと気づいた。もし克樹の母親なら、そんなはずはない。そこから疑問を覚えて——もう一度『東野空音』について調べたんだ。まさか双子の妹がいたなんて考えもしなかったから、とても驚いたよ」

痛みを堪えるのに似た表情で、彰悟が口角を上げる。笑顔と呼ぶには悲痛すぎて、見ているこっちまで胸が軋んだ。

——ああ、どれだけ謝っても足らない……

どれほど彼を傷つけてしまったのか、罪の重さに眩暈がした。

「空音さんが何年も前に亡くなっていると知った時には、ショックだった……兄さんが愛した人を、苦労させ寂しく逝かせてしまったんだと自責の念に駆られた。もっと早く僕が探し出していれば、こんなことにはならなかったのにって。でも——ホッとした部分もある」

「……え?」

彼の話の終着地点が見えず、海音は耳を傾けることしかできなかった。

聞きたいのに、聞くのが怖い。

この話の終わりに、海音は立ち直れないほど打ちのめされるかもしれない。それでも、頬に添えられたままの彰悟の手を振り払えなかった。

「カイが……兄の元恋人ではないと分かって、心底嬉しかった。流石に兄さんが亡くなる間際まで想い続けた人を、掻っ攫うのは気が引ける。僕が後ろ指さされるだけならまだしも、君まで悪く言われるのは耐えられない」

どこまでも海音を大切に想う言葉に、新たな涙が溢れ出た。

彼の口にした全てには、海音を責める要素はない。ひたすらに愛情だけが横たわっていた。それは触れた掌からも滲んでくる。視線も、空気も。全てが優しかった。

「わ、私は……皆を騙したのに……」

「カイの気持ちは分かる。あの状況では克樹を守れないと思ったんだろう？　初めて会った時、僕は我ながら悪役じみていたと思う。まるで人攫い同然だった。反省している。すまない」

彰悟が謝る必要はないと告げたいのに、嗚咽ばかりこぼれる喉は役立たずだった。

その上、何を言いたいのか自分でもよく分からない。

伝えたいことは山ほどあっても、どれもきちんとした形にならず、脆く崩れる。口にしようとする端から、壊れてゆく気分だった。

「カイが僕らを騙したというなら……そうせざるを得ないよう追い詰めたのは、僕たちだ」

「いいえっ、そんな……」

「君が四年間克樹を愛情深く育ててくれた事実は変わらない。一番大事なのは、それだと僕は思っている。嘘にしても、克樹への愛情が根底にあったのは疑いようもないじゃないか」

彰悟の言葉が海音の内側に真っすぐ届く。

ずっと、誰かに認めてほしかったこと。言われたいと渇望していた内容そのものだった。

「ぁ……っ」

「克樹にとって産みの母親は空音さんだ。でも育ての母親は、間違いなくカイだろう？本物とか偽物とか……そういう話ではないと思う」

何故、こんなにも彼の言葉は心に響くのだろう。

きっと他の誰かに言われても、海音は否定から入ったに違いない。素直に受け入れることはできなかった。言ってくれたのが彰悟だから、胸の中へ沁み込んでくる。真摯に耳を傾けたいと思えた。

「どうして……そんな風に言ってくださるんですか……」

海音へ不信感を抱いたっておかしくない。逆の立場であれば、自分は彰悟を疑い色眼鏡で見たかもしれなかった。それくらい己がしたことは人として許されないことだ。

身分を偽って、幼子すら謀り、平気な顔をして他者の人生に食い込もうとした。その事実だけ見れば、極悪人でしかない。

到底、信頼に値する人物ではなく、場合によっては犯罪者に等しい。

それなのに彼は、海音を『信じる』ことから始めてくれていた。

「君が優しくて強い、立派な女性だと知っているから。自分を犠牲にしても克樹を守ろうとする危うさと勇気を持つ、僕が愛する――特別な人だから……これからは隣に並んでカイを支えられるパートナーになりたいと、僕は思っている」

涙腺が更に緩んで、もう何も見えない。

海音の頬を拭ってくれていた彼の手がこちらの後頭部に回され、彰悟の胸に抱き寄せられた。

「これからは、二人で克樹を守っていこう。今は叔父と叔母だけど――克樹の父親と母親代わりになれないだろうか。少なくとも、それだけの――家族になる覚悟が僕にはある」

軽々しい気持ちで、こんなことを言えるわけがない。彼は場の雰囲気に流されるような人でもなく、よほど考え、出した結論に間違いなかった。

「私と……家族？」

「僕と克樹の三人で。愛している」

名家の恵まれた令息である彰悟と、身寄りも学歴も財産もない海音では、とても釣り合わない。だから彼を想うなら断るべきだ。そうでなくても身を引くつもりだった。

だが飾らない言葉で愛を告げられ、心が揺らいだ。喉から手が出るほど欲しかった全てを捧げられ、首を横に振れる人間はいない。

海音も『駄目だ』と己を戒める声が、どんどん遠退いていくのが分かった。

「返事は？　カイ」

初対面の頃の強引さを思わせる物言いに、懐かしさと愛おしさが募る。一度傾いた天秤は、もう立て直すことが不可能だった。

「……私も……彰悟さんが好きです。愛しています……っ」

生まれて初めての告白は声が震えた。涙で滲み、ろくに彼の顔も見えやしない。けれど抱きしめてくれた胸が温かくて、それで充分だった。

許されないと思っていた気持ちを告げられただけでも嬉しいのに、彼が海音を丸ごと受け止めてくれ、包み込んでくれたなんて、奇跡としか呼べない。

みっともなく泣き縋る海音を、彰悟はいつまでも慰めてくれた。

背中を撫で、髪を梳いて、涙が自然に止まり落ち着くまで。

トントンと叩いてくれる掌の心地よさは、筆舌に尽くし難い。夢見心地で海音は深く長く息を吐いた。

寂しい夜、姉妹で支え合った過去を思い出す。今の自分の隣に空音はいないけれど、代わりに彰悟がいてくれる。その事実が途轍もなく嬉しかった。

――私は、独りぼっちじゃない……

二人抱き合ったまま、どれだけそうしていたのか。

辺りがすっかり夜に呑まれ暗くなってから、ようやく海音は彼の胸から顔を上げた。

「あ、あの……ご面倒をおかけしました……もう大丈夫です……」

「本当に？　カイの大丈夫は、あんまり信用ならない」

「そんな。もう、平気です。落ち着きました」

目は真っ赤になり瞼も腫れているけれど、心は凪いでいた。

まだ全てが解決したわけではなく、問題は山積みだ。幼い克樹に全部の事情は分からないとしても、海音には説明する義務がある。そして勝と美佐子にも伝えなくてはならないことが沢山あった。

――理解はしてもらえないだろうな……きっとソラと克哉さんの時よりも壁は分厚い。

彰悟と海音の関係を受け入れてもらうのは、おそらく簡単なことではない。

騙した形になっている海音への嫌悪感は絶大なもののはず。下手をしたら門前払いの可能性もあるのでは。

想像するだけで全身が震えた。けれど逃げ回ってはいられない。

つい先刻まで海音は『消えてなくなりたい』で頭が一杯だったが、独りぼっちではないと知れた今は、困難に立ち向かう勇気を得られた。

――克樹から拒絶されるかもしれない。でも誠実に謝って償い続けよう。それが私にできるあの子への愛情の示し方だ……

痛む足を庇って立ち上がる。

彰悟からはおんぶすると言われたものの、それは丁重に断った。恥ずかしい以上に、自分の脚で帰りたいと思ったためだ。

「……通りに出たら、タクシーを拾う。それだけは譲れない」

しかし過保護な彼にきつく言われ、仕方なく彰悟の言う通りに従った。そうでもしなくては、強制的に抱えられそうな勢いに呑まれたのは否定できない。互いの妥協点の擦り合わせだ。

結局かなり夜が更けてから、海音たちは沢渡の家に戻ることになった。

時刻は二十三時近く。海音の靴擦れを案じた彰悟が開いている薬局を探したこともあり、だいぶ時間が押してしまった。

それでも家のリビングでは、勝と美佐子がじっと待っていた。

「――……克樹は、泣き疲れて眠ったわ。客間で横になっている。様子を見に行ってあげてと言いたいけど、その前に私たちに話しておかなくてはならないことがあるわよね？」

感情的ではなく、抑揚のない口調で告げられたことが、余計に海音の胸を抉った。

冷静であろうと美佐子も心掛けているのだろう。その隣で勝は、腕を組んで唇を引き結び座っていた。

　色々な葛藤があるのは、彼らの表情からも伝わってくる。渾身の自制心で堪えているのが、明らかだ。本音では今すぐにでも海音を詰問したいに決まっていた。

　更に日菜子も鋭い眼差しを海音に注ぎつつ、同席している。

　家族同然の彼女も、この問題を放置して帰れないと思い待っていたらしい。

「……日菜子から大まかなところは聞いた。君は……海音さんで間違いないのかな？」

　勝の問いに、正面の椅子に腰かけた海音は汗ばんだ両拳を握った。

「……はい。私は空音の妹の……海音です」

「おじさま、私が言った通りでしょう？　こんな事態を引き起こして平然と戻ってくるなんて……海音さん、貴女随分面の皮が厚いのね」

　侮蔑を隠そうとしない日菜子の言葉が、鋭く海音に突き刺さった。

　けれどこれは自業自得。身から出た錆だ。

　全て大人しく受け止めるつもりで、海音は深く頭を下げた。

「……お騒がせして、申し訳ありませんでした。ですが、これだけは信じてください。克樹のことを思い、あの子の幸せを考えてしたことです。私は当初、この家で克樹が冷遇されるのではないかと恐れていました」

「ちょっと……何てことを言うの？　おじさまたちがそんなことをするはずがないじゃな

い。失礼にもほどがある――」

「日菜子ちゃん、ごめんね。少し黙ってくれる?」

興奮し声を荒らげる日菜子に、美佐子がやんわりと、けれどはっきり釘を刺した。流石にこう言われては言い募れなくなったのか、日菜子は渋々口を噤む。

ただ、とても不満そうなのは確実で、敵意剝き出しの双眸を海音に据えてきた。

「……海音さん、と呼ばせていただくわね。何故克樹を私たちが冷遇すると思ったのかしら?」

「姉は……克哉さんとの結婚を認めてもらえないと考えていたようです。それに手切れ金を受け取っていましたから、こちらが克樹の存在を快く思っていらっしゃらないと私は判断していました」

「私たちは克哉に恋人がいることも知らなかったわ。それなのに反対も何も……」

「ご存知のように、私たち姉妹には両親がおりません。最終学歴は高校卒業です。仕事に関しても……姉はこちらとは到底釣り合わないと思ったのでしょう」

美佐子は、『そんなことはない』とはすぐに言えないようで、言い淀んだ。

もし当時息子が空音を紹介していたら快く受け入れられたかどうか考えて、即答できずにいるのは明らかだった。

とはいえ、海音もそれを責めるつもりはない。親ならば我が子を案じるのは、当然のことだ。愛しているからこそ、心配は尽きない。子どもを支配し言いなりにしてはならないと承知していても、大怪我を負いそうな我が子を放置できるはずがなかった。

「……なるほど。海音さんの言いたいことは理解できる。私たちがどういうつもりで克樹を引き取りたいと言い出したのか、見極めたかったんだね。けれど叔母の立場ではもしもの場合阻止しきれないと考え、不安だった？」

「おっしゃる通りです」

流石は大きな企業を纏める立場にあると言うべきか。勝は短いやり取りで海音の言いたいことを汲んだらしい。

「だとしても……克樹自身にも貴女は母親を名乗っていたの？」

「いいえ。敢えて叔母であると正してはいませんでしたが、自ら『私がママだ』と言ったことは彰悟さんがいらっしゃるまでありませんでした。姉からあの子を奪うつもりはなかった……でも、『母親ではない』と告げることもできませんでした……そのことは心から謝罪します」

隣に座る彰悟が、テーブルの下で海音の手を握ってくれた。

それが多大なる勇気をくれる。怖気づく心を励まし、丸まりそうになる背筋を伸ばしてくれた。

——俯くな。私は克樹を産んでいなくても——もう一人の母親だ。

これまでの自分を誇っていい。過ちを犯したとしても、悪意からではない。そのことを勝と美佐子にも聞いてほしかった。

「姉が亡くなってから……私は克樹を絶対に守ろうと決めました。あの子を親のない子だと嘲られたくなかった。私たち姉妹が感じていた寂しさを、克樹にだけは決して味わわせたくなかったんです。そのためなら、自分がどんなに辛くても頑張れましたし、汚れることだって厭いませんでした」

一片の偽りもない本心だ。

泣き暮らしているだけでは克樹を守れない。強かにならなくては生きられなかった。

「……父さん、母さん、海音さんは克樹をあんなにいい子に育ててくれた。それ以外に、大事なことがありますか？」

静かな声が室内に響き、沈黙が訪れる。

彼の手の温もりだけが海音を支えてくれていた。

これで勝と美佐子に海音の思いが伝わらなければ、もう言うべき言葉は見当たらない。全部、吐き出した。あとは審判を待つだけ。

僅か一秒が永遠にも感じられる。衣擦れの音さえも憚られる時間。

静寂を破ったのは、美佐子だった。

「――……そうね、彰悟の言う通りかもしれないわ……克樹を見れば、あの子が愛情豊かに育てられたことが明らかだもの……」

「ああ……あんなに利発で賢い子はそういない。克哉も彰悟ももっとやんちゃで強情だったから、手を焼いたものだ。克樹は根が素直な上に躾をきちんと受けている」

「それに克樹は虫歯が一本もないのよ。海音さんがとても気にかけて献身的に面倒を見てくれているということよね……」

握り締めていた海音の拳の上に、涙が落ちた。正確には、自身の手に重ねられた彰悟の手の甲に。幾粒も滴が弾ける。

ちゃんと見てくれている人はいた。

海音の過ちはやり直せなくても、それで全てを否定せず認めてくれる人はいるのだと、胸がいっぱいになった。

——許してもらえないとしても……嬉しい……。

「もし彼女の立場であれば、仕方のない部分があったと思います。克樹を最優先に考えるほど、本当のことは言えなくなって当然じゃないですか。父さんと母さんは、『実の母親ではない女性が、決して裕福とは言えない経済状況で孫を育てている』と知って、黙っていられましたか?」

「……」

二人の重苦しい沈黙が答えだった。

おそらく勝も美佐子も、悪意なく善意で克樹を引き取ろうと行動を起こしたはずだ。今よりもっと強引な手を使った可能性が高い。

孫を思うが故に、海音たちの生活を静観してはいられなかっただろう。

口を挟み手を出し——やがて海音のもとから克樹を引き離したに違いない。正当な権利をもって。

そんな誰も悪くない『もしも』が簡単に想像できた。

「——……海音さんだけを責められないわね。元はと言えば、克哉に『空音さんとの結婚を反対するに決まっている』と思わせた私たちにも非があるわ……」

「我々も反省すべき点があるな……」

「おじさままで、何をおっしゃっているんですか？　お二人は何も悪くありません。全ての咎はそこにいる方が負うべきでしょう。皆を騙していた事実は消えませんよ！」

打ちひしがれた勝と美佐子に、日菜子が声を荒らげた。

ここまでじっと控えていたけれど、ついに我慢できなくなったらしい。

勢いよく立ち上がり、テーブルを乱暴に叩いた。

「彰悟もどういうつもりでその人の肩を持つの？　貴方だって嘘を吐かれていたのよ。もういない人に成りすまし子どもの母親の振りをして……許されることではないでしょう！　死者への冒瀆も甚だしいわ」

正義を振りかざした日菜子の言葉に、海音はひたすら耐えた。それ以外、できることは何もない。全部彼女の言う通りだと自分自身が認めている。

事情があったなんて言い訳で、海音が犯した罪の軽減にはなり得なかった。

「……日菜子ちゃんの言い分ももっともだわ。だけど落ち着きなさい。私には海音さんが悪人には思えないし、あまり大きな声を出したら、克樹が起きてしまうわ」

「おばさま、甘すぎます。こんなとんでもない嘘を平然と吐く人間に、克樹君を任せるなんて危険です。今すぐあの人を追い出して、克樹君を保護するべきです。私だって沢渡の一員。部外者ではありませんし、傍観はできません。子どもに悪影響を与える人は、排除しないと」

一歩も引かない日菜子の様子に、美佐子が困り果てていた。勝もどう対処すべきか悩んでいるのが窺える。何が正解なのか――答えられる者はいなかった。

――日菜子さんの考え方が普通だわ。たぶん、他の親類縁者の方々も似たようなことを思うはず。だとしたら私が克樹の傍にいると、あの子まで悪く見られるかもしれない……私が去れば、何もかも丸く収まる――

海音が消えて克樹を守れるなら、迷わない。

痛む胸から目を背け、海音は彼らに克樹を託すと告げようとした。だが。

「日菜子は、カイの行動が死者を冒瀆していると思うのか?」

「当然よ。彰悟だって考えれば分かるでしょう？　こんな茶番……嘘の中でも最低の部類だわ。克樹君が本当に可哀想」

切なく顔を歪めた日菜子は、大きく嘆息した。その表情にはありありと同情が滲んでいる。憐れまれる克樹に申し訳なく、海音はますますいたたまれなくなった。

「――……だったら何故、病床にある兄さんから空音さんを引き離したんだ？　兄さんの死後もその遺志を彼女に伝えなかったのはどうして？　それこそ死者への冒瀆じゃないのか」

「え」

室内にいる彰悟以外の全員が驚きの声を上げ、凍りついた。皆の視線が日菜子に集中する。俯いていた海音も顔を上げずにはいられなかった。

「な、何の話？　私はそんなこと……」

「兄さんが残した日記は、一部ロックがかけられていた。これまで色々打ち込んで試したけれど、どうしても開くことはできなかった……でも、ついに先日パスワードが判明したんだよ」

海音が見せてもらった克哉の記録には、空音との楽しい日々が綴られていた。後半こそ身体の不調を訴えるものが多くなったが、あくまでも平和的で明るい内容だったと思う。

少なくとも海音が知る限り、彰悟が語ったようなひどいことは書かれていなかったはずだ。

「彰悟さん……？」

「カイ、君は空音さんが兄から手切れ金を渡されたと言っていたが、実際はそうじゃない。兄は、自分に何かあった時のために一時的な金額を渡したつもりだった。その時は当然回復すると本人も信じていたんだろう……だけど、容体が急変して――空音さんへの連絡もままならなくなった。……――日菜子は全部知っていたはずだ。だってあの二人を取り持っていたのは日菜子だったんだから」

クラリと眩暈がする。

信じていたものが崩れ落ちる幻影が見える。

自分の認識していた現実が、大きく歪むのが分かった。

「――『もう病室にこなくていい。後のことは日菜子が全てしてくれる』そう、空音さんに兄の伝言として電話で伝えたね？」

ビクッと日菜子が全身を震わせた。彼女の双眸に驚愕と動揺が浮かぶ。

その様子を見た彰悟は、深々と息を吐いた。

「……兄さんも確信が持てなかったんだろう。薬で朦朧としていた時に耳にした言葉だし、日菜子を疑いたくないとも書かれていた。それでも――胸の内に抱え込んでおけなかったんだと思う。それで、パスワードを設定したデータの中に疑念を閉じ込めたんだ」

「彰悟、いったいどういうことなの……日菜子ちゃんが、克哉と空音さんに何かしたと言いたいの……？」

「正確には、『何もしなかった』ですかね。いや、あえて曲解させる真似はした。兄さんから空音さんへの入金手続きを代行したのは日菜子だ。その時に手切れ金だと思わせた。他にも色々……二人が疑心暗鬼になって破局するよう囁いたはずだ」

吐き気がする。

日菜子の行為のせいで、空音が傷つき苦労して克樹を産んだ挙句、あんな最期を迎えることになったのか。

悲しみと怒りが一気に込み上げ、海音の全身がブルブルと震えた。

——考えてみれば、日菜子さんの言っていることはおかしかった。ソラと克哉さんの関係を認めてもらえるよう根回ししていたと言っていたのに、美佐子さんたちには何も話していなかったなんて……矛盾している。

おそらく最初から、二人を引き裂くつもりで味方の振りをして近づいた。親切な協力者の仮面を被り、実際は双方に虚言を吹き込んでいたのではないか。それだけに止まらず、空音たちに『両親は反対するに決まっている』と信じ込ませていたとしたら。

誰にも頼れず、更には克哉の体調が悪化していく中、姉が不安で冷静な判断力をなくしたとしても不思議はなかった。

――私に対しても日菜子さんの言動には、意識しなければ気にならない程度の小さな棘と毒があった。特に、彰悟さんと親しくなるにつれて……段々あからさまになっていった気がする。

「て、適当なことを言わないで！　私は何もしていないわ。別れたがっていた克哉の意思を、空音さんに伝えただけよ」

「……パスワードはハナミズキの仲間の『ヤマボウシ』だった。……空音さんの思い出の木の実だ。兄さんが死の間際まで彼女を想っていた証じゃないか。それなのに、別れたがっていたはずがない。兄さんの遺志を捻じ曲げる日菜子の方が、よほどとんでもない嘘を平然と吐く人間だ」

冷たい声音は、普段の彰悟のものよりずっと冷淡だった。

いつも抑揚が乏しいが、その比ではない。眼差しも冷たく凍っている。鋭い刃が、真っすぐ日菜子に向けられていた。

――ハナミズキ……ああ、そうか……ソラが大切にしていた髪飾りはきっと克哉さんからのプレゼントだったんだ……

「ち、違う。私は……ぜ、全部空音さんが悪いのよ。本当はあの人が克哉さんを捨てたがっていて……あの人、夜の仕事をしていたでしょ？　他にも男がいたに決まっているわ」

よろめいた日菜子が激しく首を振る。しかし無様に髪を振り乱しただけだった。そんな態度は往生際が悪いとしか映らない。

空音に対して『金目当て』『身持ちが悪い』と悪罵を並べ立てる様も見苦しかった。

――ソラはあの髪飾りを大事にしていた。ずっと克哉さんを想っていた証拠だ……！

「……私のことはどれだけ罵っても構いません。でも、ソラを貶めないで……！」

根も葉もない言葉で姉を悪く言われたくなくて、海音が思わず言い返す。するとこれまで見たことがないほど日菜子が鬼の形相で歯を剝き出しにした。

「な、何よ！　あんな女が克哉の妻になれるわけがないじゃない。沢渡に相応しくないわ。冗談じゃないわよ。寄生虫のくせに勘違いも甚だしい。だから私が駆除してやったのに、今度は妹が乗り込んでくるなんて……しかも克哉の子どもを連れて？　姉妹揃って、どこまで図々しいのよ！　貴女だって彰悟と釣り合っていると思っているの？　身のほど知らずもいい加減にして！」

眦を吊り上げ、唾を飛ばしながら叫ぶ日菜子に、いつもの上品で凜とした印象はどこにもなかった。

ただ浅ましい。怒りよりも憐れみが先立ち、海音は闘争心を削がれた。

――この人と話しても無意味だ……見ているものも、立っている場所も違う。価値観が重ならない相手に、言葉を尽くしたって伝わるわけがないもの……

虚しさが去来する。

受け入れる気が微塵もない相手に、海音が時間と労力をかけ『納得できるよう諭す』義務はない。少しでもこちらのことを理解してほしい相手は、日菜子ではなかった。

「……勝さん、美佐子さん、大変申し訳ありませんでした。謝って済む問題だとは思っていませんが、どうか私のせいで克樹まで疎まないであげてください。あの子は本当にお二人のことが大好きな……姉と克哉さんが愛し合って生まれた普通の子どもです」

海音は彰悟の両親に深々と頭を下げた。許しを得るためではなく、克樹と、空音の名誉のために。

「――……海音さん、頭を上げてくれ。私たちも申し訳なかった。これからはきちんと直接話し合おう」

「お、おじさま……」

「日菜子、今日のところは帰りなさい。後日、改めてお前とも話す時間をもうける」

冷然とした勝の声音は、彰悟とよく似ていた。取り付く島もないのが伝わってくる。しかし日菜子には理解できないのか、勝の腕にしがみ付いた。

「私は全て皆のために……！」

「日菜子ちゃん、貴女は皆のためと言うけど、それで誰が幸せになれたの？　――お願いだから、今日は帰ってちょうだい。これ以上、私を惨めな気持ちにさせないで」

「日菜子、この先は『家族』だけで話し合う。お前は遠慮しなさい」

「え……っ、わ、私は……」

　二人に拒絶されたのをようやく悟ったのか、日菜子は後退った。そのまま彰悟に背中を押され、呆然としたまま玄関から外へ押し出される。

　鍵を閉める音がいやに重苦しく響いた。

　室内に残されたのは四人。海音と彰悟。勝と美佐子だった。

「──海音さん、見苦しいところを見せてすまなかった。それから──お姉さんのことは我々の不徳の致すところだ。今からでも──償わせてほしい」

「それは……克樹を引き取りたいという意味ですか……？」

「それを望んでいないと言えば、嘘になる。だが、貴女から強引に奪う気は毛頭ない。むしろ──海音さんも一緒に我が家に来てくれたら一番いいと願っている」

「父さん……！」

　何か言いかけた父親の言葉を遮り、彰悟が焦った声を出した。

「その話は、まだ具体的に彼女としていないので……」

「何だ、そうなのか。私はてっきり……お前はそういうところがまだ駄目だな」

「煩いですよ。僕には僕のタイミングがあるんです。余計な口出しをせず黙っていてください」

　息子に睨まれた父親は、芝居がかった仕草で肩を竦めた。

「ではこの件はお前に任せよう。――海音さん、今夜は泊まっていきなさい。今から克樹を起こすのも可哀想だ」

「そうね、時間も時間だし、明日ゆっくり話をしましょう」

「ですが……」

二人の言い方から、今すぐ克樹と引き離されることはないのだと分かった。むしろ温かく受け入れられている気さえする。

海音の勘違いだとしても、僅かに気が緩んだせいで絶大な疲労感に襲われた。これでは克樹を連れて帰ることも、色々頭を使うのももはや無理だ。

とにかく休みたい。何も考えず、泥のように眠ってしまいたい欲には抗えない。

混乱しながら、海音は彼らの申し出にありがたく頷いた。

「決まりね。それじゃ部屋を用意するわ。彰悟も泊まっていくでしょう？　貴方は自分で用意なさい」

「分かっています」

海音にとって空音を亡くした人生最悪の日に次ぐ一日が、終わろうとしていた。


風呂と真新しい下着とパジャマまで借り、海音が宛がわれた部屋に入った頃には、深夜になっていた。

克樹は隣の部屋で眠っている。少しだけ顔を見に行ったけれど、涙の痕が痛々しく、それでもぐっすり寝入っていたので、僅かながら安堵した。

——明日の朝、誠心誠意謝ろう……。

まずは身体を休めたい。そんなことを考えながら、海音はベッドへ向かったのだが。

「……彰悟さん？」

薄暗い室内には、彼が待っていた。別のバスルームを使ったのか、髪が濡れている。癖のある黒髪がいつも以上に艶めいて見えた。

「どうしたんですか？」

「靴擦れの手当てをしようと思って」

「それなら、もう消毒して傷テープも貼り直しました。大丈夫です」

入浴後既に応急処置済みだ。問題ない。だから心配せず、彼には部屋に戻って平気だと海音は告げたつもりだった。

「信用できない。見せて」

「え……」

ぐいっと腕を引かれた海音は、背中からベッドに倒れ込んだ。驚いている隙に彰悟から片脚を持ち上げられ、しげしげと踵を検分される。それこそ、彼の鼻先が触れそうなかかなりの至近距離で。

「ち、血は止まりましたし、もう何でもない……」

「それでも僕は心配で堪らない。君が痛い思いをするのは、どんな理由があっても嫌だ」

「ぁ……っ」

手当てした傷痕の近くを舐められて、海音は唖然とした。

まさか踵を舐められるとは考えたこともない。想定外の事態に見舞われ、完全に動きが止まる。その間にもっと足を持ち上げられ、上体を起こせなくなった。

「彰悟さん……！」

「……両親の部屋は二階だから、安心していい。この家は防音がしっかりしていて、克樹にもたぶん聞こえない。カイが大きな声を出さなければね」

彼の瞳に宿る情欲の焔に、海音の体温が上がった。

とても目を逸らせない。人の家で、それも彰悟の両親や克樹も同じ屋根の下にいるのに、淫らな行為には及べるはずがなかった。常識的に考えて断固拒否だ。

それなのに、頭は理解していても、身体が勝手に熱を上げてゆく。彼を押しやらなくてはならない海音の手は、弱々しく彰悟の腕に添えられただけだった。

「だ、駄目です……」

「掃除や洗濯は、通いのお手伝いさんがいるから、気にしなくていい」

「そういう問題ではありません！　……んん……っ」

海音の抗議はあっさりとキスで遮られた。

声を出そうとする度に、彼の舌が絡み付いてくる。粘膜を擦り合わせる濃密な口づけで、理性はたちまち蕩かされた。

「ふ……ぁ……ッ」

「……カイを失うかもしれないと想像したら、君を探している間、生きた心地がしなかった……」

微かに彰悟の声が震えている。

落ち着いた光を放つ双眸も、よく見れば狂おしい光が揺らいでいた。

「戻ってきてくれて、本当によかった……お願いだから、もうどこにもいかないでくれ。ずっと僕の傍にいてほしい」

「でも私は……」

「君が空音さんではないと分かって、ようやく罪悪感を抱かず、堂々と言える。——海音、僕と結婚してくれ。そして克樹を養子に迎えよう。戸籍の上でもあの子の父親に、僕をならせてくれないか」

「……っ」

これ以上のプロポーズの言葉があるとは思えなかった。

何もかも包み込んで受け止めてくれる。彰悟以上に自分と克樹を愛してくれる人はいやしない。この人になら、海音が一人で背負わなくてはと気負っていた諸々を、半分預けられると確信できた。

「私で……いいんですか？」

「カイがいい。君以外は考えられない」

きっぱりと言い切られ、涙が溢れた。

姉がいなくなってから虚ろだった場所を、彰悟が埋めてくれている。鮮血を流し続けていた傷痕が癒されていくのを感じた。

「私も……彰悟さんが好きです。よろしくお願いいたします……っ」

思い切り彼に抱きつけば、それを上回る力で抱き返された。広い胸に守られている心地がし、陶然とする。

二人ベッドに横たわり、しばらくそのまま互いの温もりを分かち合った。

「父も母も、本当は僕らがうまくいったらいいと以前から考えていたみたいだ。そうすればカイが別の男と結婚して克樹を連れていってしまう心配もないしね」

「そうだったんですか？」

「ああ。だから両親のことは気に病まなくていい。反対されることはないよ。二人とも君のことを気に入っている。でなきゃ、娘同然だった日菜子ではなくカイの言葉を信じるはずがない」

あの場で海音ではなく日菜子を追い出したのは、彼らの意思表示だったらしい。

双方の言い分を聞いて公平に判断してくれたのだと知り、心からの感謝の気持ちが湧いた。

「ありがたいですが、申し訳なくもあります……私のせいで親族間がギクシャクしてしまったら……」

「平気だよ。最近あいつは両親に可愛がられているのを笠に着て、僕との距離感がおかしくなっていたしね。まるで自分が沢渡の嫁だと言わんばかりに振る舞っていた。そろそろはっきりさせるべきだと考えていたんだ」

——ああ……もしかして日菜子さんは彰悟さんのことを……

もっと言うなら以前は克哉のことを好きだったのではないか。だから彼らに近寄る女が許せなかったとしたら。充分あり得る可能性に、海音の胸が痛んだ。

——でもそうだったとしても、彰悟さんのことは譲れない。私はソラのように騙されてあげない。

守りたいもののために強かになる。そう、決めたのだ。

海音は自ら首を擡げ、愛しい男にキスをした。拙くても、想いを込めて。好きだという気持ちを舌と視線に乗せた。

「……急に積極的だ」

「彰悟さんを取られたくなくて……」

「そんな心配するだけ無駄だ。僕はカイしか見えないのに」

蕩ける口づけを交わし、互いに服を脱がせ合う。髪を撫で、鼻を擦りつけ、微笑み合いながら。一枚ずつ脱ぎ捨てて身軽になる度、心も軽くなった。

剝き出しの魂に触れるように素肌を絡ませる。しっとりと重なる皮膚が、同じ温度になってゆく。境目をなくしたくて、一層密着した。

「……好き」

「僕は愛している」

海音の脇腹をさまよっていた彰悟の手が、ゆっくりと移動し閉じた足の狭間に至った。腿の柔らかい肉を摩り、上昇してくる。焦らす動きのせいで吐息が途切れ、海音は思わず自ら腰を浮かせた。

「ん……ッ」

「触ってほしい?」

「意地悪しないでください……っ」

分かっているくせにと詰りたい。既に蜜口が綻んでいるのを自分でも感じる。まだ触れていないそこが、期待に戦慄いていた。

「意地悪なんてしない。カイをいつだって大切に抱きたいと思っているだけだ」

これまで甘い台詞はほとんど口にしたことのない人が、いきなり思いの丈をぶつけてきて戸惑う。だが勿論嫌ではない。それどころか胸がいっぱいになって、海音は彼の背中に手を回した。

「私も彰悟さんを大切にしたい」

「ありがとう。すごく嬉しい」

花弁をなぞる彼の指先が、泥濘の奥へ入ってくる。海音のこぼした蜜を纏い、ゆっくりと肉襞を摩られた。

「……ぁ……」

「温かい。早く来てくれって強請られているみたいだ」

「ん……その通り、ですよ……ぁ、ふ……」

恥ずかしさを堪え、海音は本音を漏らした。自分だって、彰悟を感じたい。彼のもので、彰悟が己のものだと分からせてほしかった。

渇望が迸り、一度溢れれば抑え込めなくなる。濡れた双眸を瞬かせ、彼を求めた。

「……っ、不意打ちでそういう発言をされると、余裕がなくなる……っ」

「そういう彰悟さんも見てみたいです。いつも泰然としているから……」

海音を欲し、我を忘れる彼の姿なら、是非知りたかった。きっと愛されていると実感できる。想像するだけで幸せになれる妄想に、海音は口元を綻ばせた。

「……あんまり僕を煽らないでくれ。これでも必死に冷静さを保っているんだ」

「冷静でなくなったら、どうなるんですか？」

「獣みたいにカイを襲うかもしれない」

「そんな彰悟さんは全く想像できませんが……見てみたい気もします」

微笑んだ海音は膝を立て、彼の脚に擦りつけた。

拙い誘惑はこれで精一杯。だが彰悟の瞳には一気に焔が噴き上がった。

「そういうことは、絶対に僕以外の人間にしないでくれ」

「しません。彰悟さんだけです」

この先もずっと彼だけ。他は、眼中にも入らない。彰悟以上の人が存在するとは微塵も思わなかった。

「約束して、カイ」

「はい……ぁ、あ……ッ」

恥丘を指で開かれ、奥に隠れていた花芯を撫でられる。優しい刺激でも、指先まですぐに痺れた。

愉悦がじりじり広がってゆく。水音が大きくなる。は、とこぼれた吐息は、明らかに濡れていた。

「前よりも感じやすくなった」

「や……っ、言わないで……っ」

「カイの気持ちがいいところを全部知りたい」

「んぅ……っ」

二本の指で肉芽を摘まれ、捏ねられる。膨れた蕾は貪欲に快感を享受し、強めの力で擦られても気持ちいい。海音の爪先がキュッと丸まり、シーツに皺を寄せた。絶妙な力加減は、海音を瞬く間に絶頂へ押し上げる。

「ぁ、ああ……っ」

秘密がなくなったおかげか、これまでになく心が解放されている。だから感度が上がり、全身が敏感になっていた。

「……ぁああッ」

蜜窟が切なげに収縮する。そこに何も収められていないのが寂しい。今すぐ虚ろを彰悟に埋めてほしくて、卑猥に蠢いていた。

「ここ、すごく潤って指が呑み込まれそうだ……」

「指、じゃなくて……っ」

欲しいのはもっと別のもの。彼に触れられるのは極上の喜びでも、今渇望するのは違う昂りだった。

「……僕がほしい？」

「……っ、ほ、ほしい……です」

破裂しそうな羞恥を堪え、真っ赤になって懇願する。いつもの海音なら絶対に口にできない。だが想いが通じ合い、秘密も過去も全部受け止めてもらえた歓喜と興奮が、海音を大胆にしていた。

「君にそんな風に言ってもらえるなんて……嬉しいな。もっと僕には本音を晒して我が儘になってくれ。我慢に慣れてしまったカイが正直に自分を曝け出せる居場所になりたい」

涙がまた溢れ出す。涸れるほど泣いたと思っていたけれど、未だ尽きてはいないらしい。海音の頬を濡らす滴は、彰悟が唇で吸い取ってくれた。

「……ァッ、あ、あ……」

濡れそぼった陰唇に硬いものが押し当てられる。それは隘路にゆっくりと入ってきた。

「……んん……ッ」

繋がる瞬間は少し苦しい。内臓を押し上げられて、体内を引き裂かれるのではないかと不安になる。それでも愛しい人を受け入れる喜びの前には些末なことだ。

吐息が絡まる近さで見つめ合い、隙間なく腰が重なる。それだけでもう、至福が海音を包み込んだ。

「は……っ」

呼気に熱が籠り、淫蕩な色に染まった。

乱れた呼吸音は二人分で、暗い室内に降り積もる。少し動けばベッドが軋み、衣擦れの音が一層いやらしく響いた。

「……やっと、本当の意味でカイと一つになれた気がする……」

「私も……」

心置きなく彰悟に甘え、全て預けられる気がした。そして彼が欲するものを与えることも。

「この先も私の傍にいてください。私と……克樹の隣に」

「勿論。嫌だと言われても、二度と放してやらない」

「ん……っ」

動き始めた彰悟が、海音の内側を探る。強弱をつけ、角度を変えられ、新たに感じる場所を見つけようとしているかのよう。

穏やかな動きなのに濡れ襞をじっくりと擦られ、愉悦の種が次々に芽吹いた。

「ぁ……彰悟さん……ッ」

もどかしい。しかしそれすら官能を増幅させた。

海音が一番感じる部分をあえて避ける動きで、愛蜜が掻き出される。淫路はどんどん熱を帯び、彼の楔を咀嚼した。

「はぅ……ッ、やぁ……」

乱暴にしてほしいのではなくても、達するには刺激が足りない。つい海音の腰が浮き上がる。もっと深いところへ彰悟を招き入れたくて、肢体を淫らにくねらせたのは無意識だった。

「眼福だな……っ」

獰猛な口調で彼が唸り、海音の脚が抱え直された。

数回深呼吸した彰悟の額には、汗が滲んでいる。見事な凹凸のある胸から腹にかけても、珠の汗が滴っていた。

「君の何気ない視線や動作で、僕がどれだけ煽られるか考えたことがある？」

「わ、分からな……ひ、ぁあッ」

唐突に鋭く突き上げられて、海音は喉を晒して喘いだ。

深々と貫かれ、チカチカと幻の光が瞬く。蜜洞は剛直を不随意に食いしめ、媚肉が彼の昂りをしゃぶる動きが生々しく伝わってくる。

動いていなくても悦楽が増し、海音は四肢を震わせた。

「カイ、どうされたいか教えて」

「や……っ」

ほんのりと嗜虐心を湛えた瞳に見下ろされ、女の部分がゾクゾクと戦慄く。

喰らわれたい気持ちと彰悟を我が物にしたい欲求が膨らみ、今にも海音の身体を飛び出しそう。良識も貞節もかなぐり捨てて、喉が上下した。

「……めちゃくちゃに……抱いてほしいです……」

「喜んで」

これまでになく男の顔をした彼に抱き起こされ、海音は彰悟と向かい合って座る体勢になった。彼の楔はこちらの体内に埋められたまま。

突き刺さった屹立の先端が、容赦なく海音の最奥を抉った。

「……ひぃ……ッ」

こんなに深くまで何ものも受け入れたことがない。子宮を押し潰されそうな衝撃にハクハクと空気を食むことしかできなかった。

「大丈夫、息をして。カイ」

「ふ……ッ」

呼吸を忘れていたことに、彰悟の言葉と口づけで気づかされた。

啄むキスで強張りが解かれる。肩を撫でられ、背中を辿られ、段々落ち着きを取り戻せば、淫窟は彼の質量にようやく馴染み始めていた。

「……っぅ……彰悟さんが……すごく奥まで来ています……」

「いいね、その言い方。めちゃくちゃ腰に響く」

初めは緩やかに揺らされ、海音は彼の肩に手を置いた。太腿に力を入れて身体を浮かせ、彰悟の動きに合わせてゆく。

今までとは違う場所が擦れ、初めての愉悦に眩暈がする。これ以上腰を落とすのは怖くて、甘美な誘惑に負けそうになる度、海音は慌てて脚に力を込めた。

「カイ、君の中に僕が出入りするのが見える？」

やや意地の悪い台詞に促され下に視線を向ければ、重力に従った潤滑液が腿を伝って溢れ、彼の下肢を濡らしているのが目に入った。

更には彰悟のものが愛蜜を纏って濡れ光る様も。

「……っ」

見てはいけないものを目撃してしまったような気分に襲われるのに、どうしても視線を逸らせない。美しさや可愛らしさは皆無でも、卑猥な光景は海音を釘付けにした。

ドクドクと心臓が暴れる。同時に狭隘な道が収斂した。

「……っ、ナカが熱く蠢いている。カイはこういうのが好きだった？」

「ち、違います」

辱める台詞からも喜悦を覚え、どうしようもなく官能が昂った。ギラつく双眸で微笑む彼に射貫かれて、蜜壺が疼く。どんなに言葉で否定しても、認めているのと同じだった。

「ぁ、あ……ッ」

「僕もカイがいやらしく感じているところ、大好きだ」

そんな言葉で尚更快感が高まってゆく。

身じろいだ刹那、膨れた花芽が彰悟の繁みに擦れ、海音の全身が痙攣した。

「ンァッ」

突き上げられて身体が弾む。激しく貫かれ、これ以上言葉を紡ぐのは無理だった。

口を開けばこぼれるのは艶声のみ。閉じられなくなった口の端から唾液が伝い、身体中が様々な体液に塗れた。

彼を受け入れている花弁がふしだらな水音を奏で、快楽に溺れる。海音自らも腰を使い、共に高みを目指して同じ律動を刻んだ。

「ぁ……あああ……ッ」

粘膜を擦り立てられ、何度も奥を叩かれる。めくるめく官能に支配され、夢中でキスを交わした。上も下も淫猥に水音を掻き鳴らし、四肢を絡ませる。一つに戻ろうとするように、互いを求め合った。

「あ、ぁ……いい……ッ」

「カイ……っ」

「んぅうッ」

硬く張り詰めた肉槍に淫道を捏ねられ、内側から作り替えられてゆく錯覚に溺れる。

下りてきた子宮はすっかり蕩け、熱い迸りを注がれる瞬間を待ち望んでいた。

「このまま……っ」

「あ……ぁ……きて……っ」

動きが速くなり、愉悦が膨らむ。彰悟の手に尻を摑まれ、海音は髪を振り乱し悶えた。

「あああッ」

腰を固定され、少しも逃げられない。ガツガツと体内を打たれ、無防備な内側が彼の形に変えられる。

一際強く穿たれた瞬間、海音は嬌声を上げ、全身を引き絞った。

「あ……ァあああ……ッ」

絶頂感に襲われて背がしなる。

白濁が海音を内側から濡らした。その初めての感覚からも快楽を注がれ、高みから下りてこられない。イっている最中も中を捏ねられて、海音は何度も達した。

「……は、ぁ……あ……」

一気に虚脱した身体が倒れ込んだのは、彰悟の腕の中。逞しい胸に抱き留められ、心の底から満たされる。

鼻腔一杯に彼の香りを吸い込んで、海音はうっとり目を閉じた。

「……愛している、カイ」

私も、と返した言葉は上手く音になりきらなかった。喘ぎ過ぎたせいで喉が嗄れている。

それ以上に、味わった快楽の余韻が大きく、もはや意識を手放さずにいるのは難しい。

下りてくる瞼の重さに抗えず、海音は最後の力で彰悟の胸に頬を擦りつけた。

頭上で、優しく笑う気配がある。抱きしめられ、共に横になった感覚を最後に、海音は幸福な眠りに落ちていった。

エピローグ

結婚式は華々しく挙げられた。

海音は身内だけの小さな挙式で構わなかったが、沢渡家の跡継ぎの婚姻となれば、そういうわけにはいかないようだ。

著名人や経営者など、中にはニュースで見かけた顔もある。招待客の多さと顔触れに、こちらが尻込みするほど。格式高いホテルでの式は、厳かかつ煌びやかに執り行われた。

ただしそこに日菜子の姿はなかった。

海音が後から聞いた話では、彼女の両親も欠席していたらしい。列席者の中には『親子諸共どこにも顔を出せるわけがない』『お付き合いは金輪際お断りだわ』と囁く者もいたそうだから、秘かに噂が蔓延しているのは間違いなかった。

日菜子のしたことが表立って問いただされることはなかったけれど、本家の慶事に参加が憚られる——それだけで充分な制裁になるということなのだろう。

これから先、日菜子を含めた一家は、そうとう肩身が狭い思いをするに決まっている。その点には同情を禁じ得ない——が、海音にできることは一つもなかった。

ただ今後は穏やかな日々が訪れればいいと願うだけ。互いに関わりのない場所で、それぞれの幸せを見つけられることを静かに祈った。

——私たちは関わらない方がきっといい。蟠りが大きくて、視界に入るだけでもたぶん冷静ではいられないから——

海音が切なく物思いに耽っていたその時、控室の扉が開かれ、歓声が聞こえた。

「ママ、とっても綺麗！」

子ども用の礼服に身を包んだ克樹が頬を染めて駆け寄ってくる。愛らしい息子の姿に、海音は目を細めた。

「克樹も格好いいよ」

「本当？」

実際、克樹はきちんとした格好がよく似合っていた。顔立ちが整っているからか、どんな服でも着こなしてしまう。まるでモデルのようだと海音が親馬鹿全開で考えていると。

「僕は？」

克樹の後ろからそっくりな男が顔を覗かせる。二人は実の父と息子ではないが、言われなければ分からないほど血の繋がりを感じさせた。

端整な容姿に癖のある黒髪。知的な瞳と上品な口元。何よりも醸し出す空気感が瓜二つだった。

「勿論、彰悟さんも素敵です。ね、克樹？」

「うん、パパも格好いいよ。ママとお似合い」

笑顔で首肯した克樹が彰悟の脚に抱きつく。微笑んだ彰悟が克樹を抱き上げると、海音の支度を整えてくれていた式場スタッフからは、感嘆の声が漏れた。

海音が克樹の産みの母親ではないと日菜子に暴露された翌朝、泣き腫らした目をしていた克樹は、海音を見つけるとすぐに抱きついてきた。『ママはママでしょ』と涙声で言われ、どんなに嬉しかったことか。

海音も号泣しながら『克樹は大事な私の子』だと繰り返し、小さな身体をギュッと抱きしめ返した。

それからしばらくどんな時も克樹が海音の傍を離れなくなってしまったのには戸惑ったけれど、今はもう落ち着いている。

幼いながら、心の整理がついたらしい。以前よりもっとしっかりしたようにすら感じられる。

そんな克樹の気持ちを最優先にして、海音と彰悟の関係も変わった。今では戸籍上も完全に家族だ。二人は籍を入れ、克樹を養子に迎えた。

そして今日は、海音と彰悟の結婚式である。

晴天に恵まれ、沢山の笑顔に囲まれ、こんなに幸せでいいのか不安を感じないと言えば嘘になる。これまで海音の人生は辛く苦しいことが多くて、満たされている現状が夢のようだった。

だが絶対に覚めてほしくない幸福な夢を、この先決して壊すまいと固く心に誓う。

「行こう。カイ、克樹」

彰悟に差し伸べられた手に、自らの手を重ねる。もう片方の手は克樹と繋いだ。

「兄さんと空音さんが叶えられなかった分まで、僕らが幸せになろう」

「はい……！」

これからは三人で歩いていく。今は亡き人たちが見守ってくれているのを感じながら。

あとがき

初めましての方もそうでない方もこんにちは。山野辺りりです。

人気ジャンル、シークレットベビーものを一度書いてみようと意気込んで、何故か正確にはシングルマザーではないものが錬成されました。何故だ……

悪意なく、純粋に愛情のため嘘に嘘を重ねた結果、のっぴきならない状況に追い詰められたヒロインが、自分なりの幸せを見つけられるかどうかを見守ってくださいませ。

大抵の場合、秘密を守ろうとすると雪だるま式に嘘が大きくなるよね、という。

でも世の中には、真実だけが正解でないこともあると思うのです。

騙されたら気分は悪いですけど、相手を慮った優しい偽りは罪ではないかなと。

そんな思いで書いた今作、イラストはカトーナオ先生です。

主人公二人が素敵なのは勿論ですが、克樹が……可愛い！　ものすごく、可愛い！

必見です。最高のイラストを、心からありがとうございます。また担当様、この本の完成までに関わってくださった全ての方々、感謝申し上げます。ありがとうございました。

最後にここまで読んでくださった読者の皆様へ、溢れんばかりの愛情を。またどこかでお会いできることを願って！

オパール文庫をお買いあげいただき、ありがとうございます。
この作品を読んでのご意見・ご感想をお待ちしております。

✦ファンレターの宛先✦

〒102-0072　東京都千代田区飯田橋3-3-1
プランタン出版　オパール文庫編集部気付
山野辺りり先生係／カトーナオ先生係

オパール文庫Webサイト
https://opal.l-ecrin.jp/

それでも愛したいんだ、君を
身代わりシングルマザーの嘘と恋

著　者──山野辺りり（やまのべ りり）
挿　絵──カトーナオ
発　行──プランタン出版
発　売──フランス書院
〒102-0072　東京都千代田区飯田橋3-3-1
電話（営業）03-5226-5744
（編集）03-5226-5742
印　刷──誠宏印刷
製　本──若林製本工場

ISBN978-4-8296-5530-6 C0193

Opal Label オパール文庫

好評発売中!

Op5514